KB239760

이백천 칼럼집

情이 흐르는 사회

情이 흐르는 사회

초판 1쇄 인쇄   2011년 4월 12일
초판 1쇄 발행   2011년 4월 19일

지은이   이백천
펴낸이   김진수
펴낸곳   사문난적

편집   김동섭
영업   임동건

출판등록   2008년 2월 29일 재 313-208-00041호
주소   서울시 성북구 동선동 5가 20번지
전화   편집 02-324-5342, 영업 02-324-5358
팩스   02-324-5388

ISBN 978-89-94122-20-5

일흔 고희와 더불어 그동안 미운 정 고운 정 다 들었던 가까운 친구들, 평생 기업 경영에 동반자 역할을 해주신 회사 동료 여러분과 협력 업체 사장님들과 내가 직접 관여한 협회와 단체의 회원님들, 항상 긍정적인 사고와 정을 가지고 살라고 말해온 자식들과 출간에 필요한 모든 경비를 흔쾌히 부담해 주신 바이넥스 정명호 사장에게 이 책을 봉정하고자 한다.

▶ 이백천 칼럼집

정으로 소통하고 긍정으로 성취하라!

情이 흐르는 사회

이백천 지음

눈에 보이지는 않지만 느낄 수 있는 사람들의 가슴 밑바닥에 자리 잡은 따뜻한 마음. 사람과 사람 사이에 끊임없이 흐르는 끈끈한 정이 한으로 말라버린 사람들의 가슴을 적시고 도처에 완강하게 닫혀 있는 문들을 열게 하여 서로 소통하게 될 것이다. 정이 흐르는 사회, 정이 통하는 사회야말로 진정으로 밝은 미래를 향해 가는 지름길이 될 것이다.

사문난적

차례

책을 펴내면서 · 9

제 1 부 _ 더불어 사는 세상

기업이 살아야 경제가 산다 · 14

5060 세대는 어디 있는가 · 18

겸손과 오만 · 22

비즈니스 프렌들리 · 26

양극화의 사회 · 30

정이 흐르는 사회 · 34

바이오 시밀러Bio Similar의 시대 · 38

경제를 위해 · 42

아버지의 자리 · 46

의약품 산업, 규제 앞서 지원을 · 50

고령화 시대의 요구 · 54

국민의 뜻 · 58

긍정의 힘 · 62

바이오 산업의 R&D 전략 · 66

아름다운 은퇴 · 70

의약의 해석 · 74

발효와 부패 · 76

제 2 부 _ 정은 품고 한은 풀자

마음과 인연 · 82
바보의 미덕 · 87
멋진 노인으로 살아가기 · 92
어떤 전환점 · 98
메사돈에 관한 기억 · 104
부자가 존경받는 사회 · 109
맞춤형 아시아 의료관광 허브로의 도약 · 114
빈한한 시대의 낭만 · 119
성격과 운명 · 124
어느 순수한 풍경 · 128
나의 가장 큰 재산 · 133
아버지의 이름으로 · 140

제 3 부 _ 아름답고 화려한 생을 위해

약사의 진로 · 148
전쟁과 불꽃놀이 · 156
대화, 인간의 가장 아름다운 수단 · 161
가족과 종교 · 166
마음의 눈 · 171
탈크 파동의 의미 · 176
해인사 시절 · 180
화양연화 · 185
오아시스 운동 · 191
부모의 힘 · 196
봉사의 기쁨 · 201
트리플 인생 · 206
근황 · 210
오복에 하나 더한 복 · 214

제 4 부 _ 이백천과 바이넥스

파워 인터뷰 – 부산 생물산업협회 이백천 초대 회장 · 220
잘나가는 강소强小기업 – 연구 개발이 강점인 전문 제약 기업 (주)바이넥스 · 223
CTO와의 만남 〈2〉 – 자체 신약 개발 바이넥스 이백천 사장 · 227
이백천 사장은 누구 – '발로 뛰는 경영' 올바른 산학 협동 제시 · 232
클릭, 경제인 – (주)바이넥스 이백천 회장 · 234
부산 대표적 제약 업체 '바이넥스' · 237
주목! 이 사람 – (주)바이넥스 이백천 회장 · 241
바이오 신약 개발 선두주자 – (주)바이넥스 이백천 대표 · 244
(주)바이넥스 이백천 회장 · 249

바이넥스가 걸어온 길 · 251
이백천 연보 · 253

책을 펴내면서

情을 쏟고 정에 울며 살아온 내 가슴에 오늘도 남모르게 무지개 뜬다는 조용필의 노래처럼 "한국인은 정에 의해 움직인다"는 말은 결코 과언이 아니다.

우리 인간 관계 속에 흐르는 그 무엇을 정이라 한다면, 정은 한국인의 인간 관계를 형성하는 가장 기본적인 바탕이 되고 또 그런 측면에서 정이란 예의이고 도덕이며 문화이자 인간이 기본적으로 갖추어야 할 도리이다.

30여 년의 기업 경영에서 정이란 덕목은 나에게 가장 큰 힘과 지표가 되어 주었다. 그로 인해 오늘의 내가 있고 멀게는 평생을 지속해 온 우정이 있으며 가까이는 기업 경영의 협력자이자 조력자인 모든 분들이 변함없이 있는 것일 터이다. 나는 이를 항상 자랑스럽게 여기며 긍지로 삼고 있다.

사회는 갈수록 팽배한 개인주의와 경시되는 도덕성으로 정이 메말라 가고 있다. 대신 정의 반대 개념인 한이 쌓여 가는 각박한 환경으로 바뀌고 있는데, 한이 많은 사회는 기필코 분열과 붕괴로 이어지기 마련이니 안타까울 뿐이다.

눈에 보이지는 않지만 느낄 수 있는 사람들의 가슴 밑바닥에 자리 잡은 따뜻한 마음, 사람과 사람 사이에 끊임없이 흐르는 끈끈한 정이 한으로 말라버린 사람들의 가슴을 적시고 도처에 완강하게 닫혀 있는 문들을 열게 해 서로 소통하게 될 것이다. 정이 흐르는 사회, 정이 통하는 사회야말로 진정으로 밝은 미래를 향해 가는 지름길이 될 것이다.

2008년부터 2년간 《국제신문》의 칼럼 위원으로 글을 쓰면서 나의 졸필은 대부분 정을 바탕으로 한 기업 경영, 긍정적인 사고와 소통의 염원들을 담아 왔다. 그것이 계기가 되어 그 전까지 여러 신문과 전문 잡지에 실렸던 글들을 모아 책을 펴내게 되었다.

일흔 고희와 더불어 그 동안 미운 정 고운 정 다 들었던 가까운 친구들, 평생 기업 경영에 동반자 역할을 해 주신 회사 동료 여러분과 협력업체 사장님들과 내가 직접 관여한 협회와 단체의 회원님들,

항상 긍정적인 사고와 정을 가지고 살라고 말해 온 자식들과 출간에 필요한 모든 경비를 흔쾌히 부담해 주신 바이넥스 정명호 사장에게 이 책을 봉정하고자 한다.

2011. 4. 이병천

제 1 부

더불어 사는 세상

정이 메말라 간다는 것은 정이란 말의 반대 개념인 한(恨)이 쌓여 간다는 의미일 터이고, 한이 누적된 사회는 언젠가 붕괴될 수밖에 없기 때문이다. 정이란 예의이고 도덕이며 문화이자 인간이 기본적으로 갖추어야 할 도리이다.

기업이 살아야 경제가 산다

20 08년 새해는 우리 기업인들에게 조금은 색다르게 다가 온다. 한 해를 맞이하면 으레 희망찬 새해니, 밝은 새해 니 하며 막연한 기대감을 갖는 것이 상례였다. 이에 비하면 올해는 좀 더 구체적이고 산술적이며, 경제적인 수식어를 가지고 새해를 맞는 것 같다. 이는 기업의 성공신화를 이룬 이명박 당선인에 힘입은 바 크다. 당선인의 경력과 경제 우선주의 철학은 그런 기대를 가능하게 한다. 여러 가지 문제에도 불구하고 국민들이 보여 준 압도적인 지지는 지난 10여 년간의 침체된 경제를 회생시켜 달라는 염원에 다름아닐 것이다.

이러한 국민들의 여망을 담아 이제 2월이면 이명박호가 출항한다. '7·4·7'의 거대한 목표를 가지고 만반의 준비를 다해 5년간의 경제 회복이라는 스타트 라인에 서게 된 셈이다. 국가도 조직이라는 개념으로 볼 때 기업과 크게 다르지 않다. 주도면밀하게 계획을 수립하고 목표를 달성하기 위해 시시각각으로 변화하는 환경 속에서 철저한 관리가 이루어져야만 성공할 수 있다. 자칫 관리를 소홀히 할 경우 가차없이 도태되는 것은 기업이나 국가나 매한가지이다. 기업의 생명 사이클이 5년 이상 지속되기 힘든 것도 이런 연유 때문일 것이다. 나라 경영은 기업과는 비교도 되지 않을 만큼 복잡다단하지만 5년이라는 기간에 성과를 내려면 관리에 심혈을 기울이는 것 외에는 다른 방법이 없다.

'경제는 센티멘털'이라는 말이 있다. 경제 각 분야의 기초, 즉 펀더멘털이 튼튼해도 센티멘털, 즉 정서가 불안정해지면 만사가 허사라는 뜻이다. 그 동안 한국 경제의 위축은 구조적인 문제도 있겠지만 기업이나 국민들의 불안 심리에 기인한 바가 크다. 전염성이 강한 불안감이라는 바이러스가 급속히 퍼지면서 기업은 투자를 중단하고, 국민들은 소비를 줄이니 경제가 제대로 돌아갈 턱이 없다.

참여정부는 지난 5년간 혁신이라는 목표를 가지고 국가 전체를 개혁하려고 노력하였다. 권위주의를 타파하고 남북 관계를 개선하는 등 나름대로 성과를 냈다. 하지만 경제 분야를 돌아보면 아쉬운 점이 없지 않다. 펀더멘털이 괜찮았는데도 경제가 활력을 잃었던 것은 센티멘털을 살리지 못한 게 한 요인이었다. 정부 내의 반기업적 정서는 기업인들로 하여금 불안감을 갖게 하기에 충분했다. 수출은 신장됐지만 기업들이 투자를 하지 않음으로써 경제가 위축될 수밖에 없었던 것이다.

이런 점을 감안하면 새 정부는 펀더멘털을 다지는 한편 센티멘털을 강화하는 데도 심혈을 기울여야 할 것이다. 불안감을 해소하는 데는 역시 정책의 일관성을 유지하는 것이 요체이다. 특히 그 일관성은 기업 친화적인 사회풍토 조성에 두어져야 함은 물론이다. 과거사를 들추어 현재의 잣대에서 잘잘못을 가리는 게 과연 역사를 바로 잡는 것이며, 이러한 행위들이 얼마나 국익에 보탬이 되는지를 생각해 볼 필요가 있다.

대다수의 국민은 진보와 보수, 혁신 등 이론적인 단어보다는 삶의 질이 높아지고 골고루 잘 사는 사회를 희망한다. 그렇게 되려면 정부와 정치권이 경제 활성화를 정치구호로만 외칠 것이 아니라 진정으로 기업하기 좋은 환경을 만들어 주어야 한다. 각종 규제와 불합리를 철폐해 기업들이 마음 놓고 일할 수 있다면 그 혜택은 곧 우리 사회로 되돌아오게 된다. 아울러 우리 경제의 실핏줄인 중소기업과 지방의 기업들이 보다 활력을 찾을 수 있도록 해야 한다. 사람이든 경제든 실핏줄이 튼튼해야 건강한 법이다. 특히 말초신경인 지방의 경제가 지금처럼 시들시들해서는 국가 경제가 활력을 갖기 어렵다.

지난 대선에서 이명박 후보는 혁신형 중소기업 5만 개 육성과 50

만 개 일자리 창출을, 이회창 후보는 10만 개의 핵심 중소기업을, 정동영 후보는 5만 개의 중소기업과 2,000개의 중견 기업을 육성하겠다고 공약한 바 있다. 정부에서도 이미 오래 전에 중핵 기업 300개, 혁신형 중소기업 3만 개를 양성하겠다고 발표했다.

이들 목표치는 사실 피부에 와 닿지 않는다. 그 목표치의 절반, 아니 절반의 절반만 이뤄도 우리 경제는 탄탄대로에 설 것이기 때문이다. 물론 이런 현실을 당선인도 모르리라고는 생각지 않는다. 정말 중요한 것은 임기가 끝날 때까지 의지를 갖고 약속을 실천하는 것이다. 당선인과 새로 구성될 정부는 초심을 마지막까지 견지하는 것이 성공의 지름길임을 명심해야 한다.

70 · 80 혹은 7080세대라는 말은 이제 누구에게나 익숙한 단어이다. 대한민국 국영방송에서 '7080콘서트'라는 프로그램을 100회 이상 계속하고 있고, 거리의 호프집에도 7080이라는 간판이 넘쳐난다. 신문을 비롯한 각종 매체에서도 이제 7080세대의 문화적 의의를 조목조목 분석해 하나의 사회적 현상으로 정의를 내린 지 오래되어 모두들 익숙하게 이 단어를 받아들인다.

그렇다면 7080세대란 무엇인가? 간단히 요약하면 아마도 '1970년대와 1980년대 대학을 다닌 세대 혹은 대학을 다니지 않았더라도 현재 40~50대로 그 당시 젊은 시절을 보낸 추억을 지닌 사람들' 쯤으로 정의될 것이다. 일반적으로 통용되고 이해되는 1970년대 1980년대의 의미는 유신과 억압, 그리고 이에 저항한 혹은 숨죽여 살았던 시대, 광주의 비극과 민주화에 대한 열망이 넘쳐났던 시대,

최루탄 가스를 온몸에 맞으며 뜻을 모았던 격동의 시대였다.

허울만 민주주의였던 나라에서 국가의 억압에 맞서 나름대로의 사상을 피력하고 열정과 낭만을 불살랐던 세대와 좁은 취업문 앞에서 책과 씨름해야 하는 일이 전부인 요즘 젊은이들과는 확연히 구별되는 세대임에는 확실하다. 그렇기 때문에 이 세대가 자신들의 시대에 관한 기억과 향수들을 공유하고 그 의미를 되살리는 방편의 하나로 그 시대의 노래들을 다시 한번 현 시대로 불러내는 일은 당연하고 또 아름답다고 할 수 있다.

하지만 당대에 범람하는 이 7080현상을 지켜보며 이들과 전혀 다른 소외감을 느끼는 이들에 관해서는 누구도 한번 거론하지 않는 시대적 현상은 씁쓸하기만 하다. 이들을 7080세대라는 식으로 굳이 표현한다면 이른바 50, 60 혹은 60, 70세대, 즉 7080세대의 아버지들이 바로 그럴 것이다.

우리나라 헌정사상 최초로 자유 민주주의를 수호하기 위해 불의의 독재권력에 항거한 4·19세대에 관한 사회적 의미의 재조명과 관심은 차치하고라도 7080세대가 그리도 소중하게 회상하는 시대적 가치의 뿌리에 관해 돌이켜봐야 할 때다. 한국전쟁 당시의 절박하고 열악한 상황과 환경에서 성장해 4·19와 5·16이라는 격변의 시기에 청춘을 보낸 세대에게도 분명 돌이켜볼 만한 낭만과 향수는 숨어 있고, 후손에 본받고 칭송해야 할 미덕도 존재한다고 본다.

국가경제 부흥만이 지상의 목표였고, '우리도 한번 잘 살아보세'가 모두의 꿈이었던 세대를 살아 오는 동안 이렇다 할 변변한 문화도 없었지만 오로지 지독한 가난을 적어도 자식세대에 대물림하지는 말아야겠다는 각오와 강한 생활력, 가족을 위해 자신의 모든 것을 희생하는 끈기와 가족의 안위를 위한 생존이 곧 소명이자 문화였던 시대를 살면서 국가 경제부흥의 초석을 쌓은 7080의 아버지 세대는 지금 어디에 있는가.

텔레비전에서 혹은 라디오에서 통기타와 청바지로 대변되는 7080세대의 문화 향유 공간에서 이들의 아버지는 과연 어떤 문화를 가지고 있을까. 소실된 경제력으로 인해 추락된 가족 구성원 속의 발언권, 사회적 보장 제도가 막 시작 단계에 있었던 세대로서 사회적으로 보장 받지 못하는 무관심 등으로 거리 혹은 경로원으로 내몰려 늦가을의 낙엽처럼 흩어져 가는 세대, 그게 7080세대의 아버지 세대가 처해 있는 현실이다.

형제자매끼리도, 한 학년 차이의 선후배 간에도 세대차를 느낀다는 작금의 급변하는 시대적 가치관과 가부장제의 전통적 가치관은 마땅히 거부해야 한다는 현실 속에서, 무한 책임감뿐이었던 아버지 세대의 한국적 가치관이 현재를 존재케 하는 근본이었다는 사실마저 점점 잊혀져 가는 현실이 5060세대는 안타까울 뿐이다.

65세 이상의 노령 인구가 10%에 육박하는 고령화 사회에 진입한 현실 속에서 7080세대가 가진 문화가치의 재발견 혹은 재창조를 외치기 전에 그런 아름다운 사회현상의 이면에, 이 시대의 초석을 다져 놓았으나 역사적·사회적으로 소외되고 잊혀져 가는 아버지 세대는 지금 어디서 무엇을 하고 있는지 한 번쯤 되돌아봐 주기를 바랄 뿐이다.

겸손과 오만

사전적 의미로 태도나 행동이 건방지거나 거만함을 일컫는 '오만'이란 말은 논밭의 잡초와 같은 것이다. 주인이 돌보지 않는 논밭에 가장 먼저 창궐해 마침내 논밭을 초토화하는 것이 잡초인 것처럼 사람이 제 스스로를 돌보지 않으면 오만은 사람의 마음과 행동을 지배하는 주인이 되어 버린다. 반대로 남을 존중하고 자기를 내세우지 않는 태도를 뜻하는 '겸손'이라는 말은 논밭을 기름지게 가꾸어 농작물의 수확을 풍성하게 하는 거름과 같은 것이다. 주인이 늘 한결같은 마음으로 가꾸는 논밭처럼 제 마음과 행동을 늘 반성하는 자세로 돌아보고 돌본다면 그 인간됨의 아름다움은 누가 칭하지 않아도 스스로 빛나는 법이다.

그러나 이처럼 대척점에 있는 두 개의 상반된 개념이 현대 사회에서는 때로 동전의 양면과 같은 역할을 하기도 한다. 언제부턴가 우리 사회가 사람을 판단함에 있어서 적극적인 자기 표현과 다변을 자신감으로 이해하게 된 탓에 자신을 낮추고 상대를 존중하는 겸허한 태도를 자신감이 부족하거나 사회적 능력에 결함이 있는 사람쯤으로 치부하게 되어 버렸다. 과할 만큼 적극적으로 자신을 드러내고 표현하는 행동을 자신감과 혼동하는 일이 사회 전반에 걸쳐 비일비재하거나 보편적인 사고방식으로 이해되는 건 다시 생각해 볼 문제가 아닐까 한다.

내 자신의 경험으로 미루어 보면 넘치는 자신감의 표출로 자신을 드러내는 사람은 당장에 호의를 끌어낼 수 있을지는 모르겠으나 그호의가 깊은 신뢰감으로 발전하기보다는 이질감과 불신으로 변질되는 경우가 많았던 듯하다. 스스로에 관한 자신감을 겸손으로 표현하며 자신이 가진 약점과 허점을 스스럼없이 드러내고 인정하는 사람은 시간이 좀 필요할지는 모르겠으나 타인의 신뢰와 공감을 끌어내는 긍정적인 요소로 작용하는 경우가 많았다. 이는 사회 생활 전반에 걸쳐 해당되는 경우이기도 하거니와 예부터 우리 선조들이 사람으로서 마땅히 가져야 할 근본적인 예절 혹은 미덕으로 가르쳐온 것이기도 하다.

하지만 지금은 이런 조용한 미덕 대신 자신을 과시하고 어떤 일의 결과를 과장되게 떠벌여 전시하는 일로 세상의 관심을 집중시키는 태도가 더 주목받는다. 그리고 그 결과에서 오류가 발견되거나 중대한 결함이 발견된다 해도 그저 타인의 잘못, 제도의 잘못, 세상 모든 것의 잘못이라며 온갖 핑계와 변명으로 포장해 전가해 버리면 그만이다.

일반 기업을 예로 들어도 또한 마찬가지이다. 기업의 역사가 오래 되면 CEO최고 경영자는 물론 임원급 인사들이 많아지게 되고 이런 현상은 자칫 겸손과 오만의 행동이 구분되지 않는 현상을 일으키기 십상이다. 이럴 경우 진지한 토론을 거친 상호 합의의 결과 도출 대신 강한 자기 확신과 자신감으로 무장한 사람, 이른바 목소리 큰 사람이 주축이 되는 기업 환경으로 변할 수 있다. 30년 넘게 기업을 경영해 오면서 어느 순간 겸손 대신 오만이, 반성 대신 오만한 권위가, 토론 대신 강변의 독선이 득세하는 장으로 변해 버린 현실을 발견하고 스스로도 놀라움을 금치 못할 때가 있다. 이는 곧바로 기업 경영의 한계로 이어지는 법이니 이런 사회적 흐름이 분명 국가 경영에도 영향을 미칠 것임은 인지상정이다.

국가의 경영권을 책임질 공직자를 비롯해 사회 안정을 책임질 사법, 입법부까지 반성 없는 자기 본위의 권위적 사고가 오만으로 표출되는 부정적 현상으로 비치지는 않는지 한 번쯤은 되돌아볼 시점이다. 작금의 경제 위기가 혹여 지나친 자신감과 오만으로부터 비롯된 것은 아닌지 자신부터 먼저 돌아보고 반성하는 겸손의 자세는 언제 어디서나 필요한 소중한 미덕이라는 것을 상기할 필요가 있다.

소는 잃어도 외양간은 반드시 빨리 고쳐야 하는 건 당장은 비어 있지만 머잖아 가득 차게 될 외양간의 희망을 위해서이다. 지금의 경제 위기를 극복하기 위해서는 적극적인 도전 정신과 자신감도 필요하지만 지나친 자신감이 오만을 불러 오지는 않았는지에 관해 모두가 겸허하게 되짚어 보고 마음과 옷깃을 가다듬는 자세가 절실히 필요한 때이다.

비즈니스 프렌들리

새로운 정부가 출범할 때마다 기업 정책에 관한 장밋빛 공약들을 쏟아 놓는다. 참여정부는 기업 규제 완화를 내걸었고 현 정부의 경우 비즈니스 프렌들리, 이른바 기업하기 좋은 환경을 만들겠다는 공약을 하고 현재 실행중에 있다. 지난 참여정부가 기업 환경 개선 차원의 규제 개혁을 실시한 결과, 수치상으로는 7,539건에서 2008년 5,222건으로 규제는 상당 부분 감소한 것으로 나타났다.

하지만 정책 당국에서 추진하는 정책과 각 기업의 현장에서 만나게 되는 문제들과는 일정 부분 거리가 있을 수밖에 없다는 사실을 감안한다 해도 기업 현장에서 느끼는 체감도가 이 수치에 상응하고 있는지는 아직까지 확실하지 않다고 본다. 언제나 그렇듯 새로운 정부가 들어서면 전 정부가 시행해 온 여러 정책들에 대해 단점을 보완해 시행하기도 하고, 신 정부에서 과감히 전 정부의 정책을 제외시키기도 하는 것은 당연한 것이다. 그러나 기업의 제반 환경에 관한 구체적인 실시와 적극적인 검토가 수반되지 않은 채 시행되는 정책의 개선과 변경은 각 기업이 사운을 걸고 추진한 사업에 자칫 혼선을 일으켜 기업 활동에 악영향을 미칠 수 있다는 것도 감안해야 한다.

예를 들어 참여정부의 대표적인 혁신도시 건설의 재검토와 참여정부 시절의 여러 부처가 해체되고 통합되는 과정들을 지켜보면서 국민들은 너나없이 불안과 혼란을 겪어야 했다. 지금도 현 정부가 추진하고 있는 여러 정책들 또한 정권이 바뀔 때마다 변경되거나 사라진다면 무한성을 가진 기업의 입장은 어떻게 될 것인지 심히 불안한 비즈니스 프렌들리가 아닐 수 없다.

올 들어 국민 건강을 책임진 제약 기업에서 발생한 석면 함유 탈크 의약품 문제는 국민의 신뢰를 잃기에 충분했다. 다행히 관련 의약품의 회수 및 폐기 처리가 거의 마무리 단계지만 파장이 큰 사건이었다. 식약청은 석면 함유 탈크를 쓴 의약품들이 인체에는 해가 없지만 국민의 불안을 해소시키고 신뢰를 회복시킨다는 취지로 제품명과 제약 업체의 명단을 발표했다. 하지만 그 이후 국민들은 더 극심한 불안감과 혼란에 휩싸여야 했고, 제약업체들은 대내외적인 신임도 및 대국민 이미지 손상 등 큰 타격을 입었다.

석면을 쓴 의약품은 시장에서 반드시 사라져야 하지만, 비즈니스 프렌들리 측면에서 본다면 명단 공개는 좀 더 신중했어야 하지 않았나 싶다. 미국의 경우 석면 탈크가 문제가 되어 3년 전 규정을 바꾸어 시행하고 있고, 우리 정부도 1년 전 조사 용역까지 준비한 것으로 알고 있다. 이때 규정을 만들어 순리적으로 처리하였다면 이렇게까지 큰 혼란과 손실을 초래하지 않았을 것이다. 또 국민의 불안을 해소하고 신뢰를 회복하기 위해 다른 차원에서 석면 탈크에 관한 부분들을 국민들에게 과학적으로 설명하고 설득하는 비즈니스 프렌들리 정신이 있었으면 하는 아쉬움이 남는다.

하나의 기업을 창업하고 발전시키기 위해 기업가들은 자신의 모든 것과 생명까지 바칠 각오로 노력한다. 비단 기업뿐만이 아니라 국민 누구나 자신이 할 수 있는 최선을 다해 자신의 가정과 직장을 비롯한 자신의 모든 삶을 성공적으로 이루어내기 위해 노력한다. 국가의 여러 정책을 입안하고 시행하는 정부는 정책 하나하나에 국민의 생사여탈권이 있다는 점을 깊이 인식해 하나의 기업, 한 사람의 기업가가 그러하듯이 자신의 모든 것을 건다는 자세로 정책을 입안하고 시행한다면 현 정부가 주장하는 비즈니스 프렌들리는 성공할 수밖에 없을 것이다.

최근 미국 캘리포니아의 얼바인 시장으로 당선되어 한인 이민 105년사에 큰 획을 그은 강석희 씨의 경우는 시사하는 바가 크다.

그는 선거 유세기간인 5개월 동안 2만여 가구를 일일이 방문해 현장의 민심을 파악하고 정책에 반영함으로써 주민들의 신뢰를 얻어 마침내 시장이라는 자리에까지 오를 수 있었다고 한다. 정책을 위한 정책, 전시와 홍보를 위한 탁상 행정이 아니라 땀과 눈물로 기업 일선과 현장을 누비며 구체적인 사례들을 이해하고 정책에 반영하는 일, 우리나라의 모든 기업을 자신의 기업이라고 생각하며 정책을 시행하는 일, 그런 자세와 실행이야말로 진정한 비즈니스 프렌들리가 아닐까 하는 생각을 해 본다.

양극화의 사회

자유무역협정FTA으로 대표되는 세계화와 신자유주의의 시대를 살아가고 있는 오늘날 사회 전반에서 가장 심각한 문제로 대두되는 것이 양극화 현상이라 할 수 있다. 무한 경쟁, 시장 원리 준수, 공기업의 민영화, 이윤 추구 등 자본주의의 보다 확대된 형태를 볼 수 있는 신자유주의의 장점은 자유 방임 경제를 지향함으로써 비능률을 해소하고 경쟁 시장의 효율성 및 국가 경쟁력을 강화하는 긍정적 효과가 있을 수 있다.

그러나 불황과 실업, 그로 인한 빈부 격차의 확대, 시장 개방 압력으로 인한 선진국과 후진국과의 갈등 초래라는 만만찮은 부정적 측면도 무시할 수 없다. 무한 경쟁을 통해 경쟁력이 약한 기업이나 개인은 도태되고 살아남는 강한 자만이 엄청난 부와 이윤을 가지게 되는, 다시 말해 승자 독식 현상은 필연적으로 극심한 사회의 양극화 현상을 불러온다. 부를 축적한 20%의 상위 계층이 나머지 80%의 하위 계층을 지배하게 되어 상위 계층은 계속해 부를 축적하게 되지만 하위 계층은 점점 더 가난해지는 것이다. 신자유주의와 양극화 현상은 이처럼 불가분의 관계에 있다.

하지만 이런 경제 논리와 상관없이 우리 주변의 대부분 사람들은 자신의 능력을 최대한 발휘해 성실히 일하고 저축하며 살아간다. 가난은 나랏님도 구제하지 못한다는 옛말을 금과 옥으로 삼아 자신과 가족의 미래를 위해 최선의 노력으로 오늘을 살아가고 있지만 경제의 배분, 부의 분배라는 문제와 더불어 언제부터인가 우리 사회는 의식의 양극화 현상 또한 소리 없이 진행되어 온 게 사실이다.

사상적으로는 좌와 우의 중간 지대가 없어짐으로써 사회 분열의 골이 깊어지고 있고 경제적으로는 부유층과 빈곤층의 중간 지대인 중산층이 점차 엷어짐으로써 사회 갈등을 완화시키고 정화하는 성숙한 시민 의식을 가진 계층의 목소리가 약화되고 있다. 강자와 약자라는 극단적인 이분법의 시각으로 모든 상황을 나누어 재단하고 해결하려는 현실의 이런 문제점들은 건강한 중산층의 확대 육성이라는 단순 경제의 논리만으로 설명하고 해결할 수 있는 문제는 아닐 것이라 생각한다. 가정과 학교의 교육, 사회와 국가가 제시하는 삶에 대한 건강한 비전의 제시는 이루어지고 있는지 그리고 수단과 방법을 가리지 않는 경제적 부의 성공만이 삶의 모든 것을 좌우한다는 왜곡된 가치관이 사회 전반에 걸쳐 확산되고 있지는 않는지 반성해야 할 시점이다.

어느 사회든 다양한 분야에서 발생하는 양극화 현상을 원천적으로 억제하지는 못할 것이다. 다만 복지와 조세를 포함한 모든 분야에서 모두가 공감할 수 있는 합리적인 제도의 실천과 정책만이 부유층과 빈곤층 간의 간격을 좁힐 수 있을 것이며 이를 극복할 수 있을 것이다. 사회와 국가가 간과할 수 있는 모순과 불합리의 반복을 차단하고 바람직한 사회로 나아가기 위해서는 우리 사회에 잠재한 의식의 양극화 현상부터 점검하고 해소해 나가야 할 것이다.

새는 좌우 양쪽의 날개로 하늘을 난다. 그 날개들은 몸의 중심과 균형을 절묘히 이뤄낸다. 날개가 없다면 새들은 멸종을 면치 못했을 것이다. 두 날개가 조화를 이루면서 각기 제 역할을 제대로 해내기 때문에 새들은 창공을 훨훨 날아다닐 수 있고 종의 번성을 성취할 수 있었다. 우리의 현실 역시 이성적이며 공정한 시각으로 삶과 사회를 바라보고 주어진 권리와 의무를 성실하게 이행하면서 서로 존중하고 배려하는 성숙한 시민의식이 발전된다면 계층 간의 불화와 갈등은 줄어들게 될 것이고 민주주의는 완숙의 단계에 이르게 될 것이다.

서브프라임 모기지주택 담보 대출 사태로 발생한 미국 발 경제 위기의 태풍이 전 세계를 강타하고 있다. 이 같은 글로벌 경제 위기 속에서 우리나라 또한 만만찮은 여파에 시달리고 있는 지금이야말로 우리들의 의식을 재검진하고 화합과 조화를 이루며 다 같이 더불어 산다는 의미를 가진 세계화의 개념을 재정립해 실천해야 한다. 근세 30년 산업화와 민주화를 훌륭하게 이루어 낸 우리 민족이 아닌가. 이제 우리는 남이 나와 다를 수 있음을 인정하는 것부터 시작하자. 다른 사람의 입장까지도 폭넓게 이해할 수 있는 아량과 용기 그리고 중용이 생동하는 진정한 선진 사회를 이루는 일만이 양극화의 간극을 줄일 수 있을 것이다.

지난 9월 중순 부산시와 일본 후쿠오카시의 행정 교류 20주년을 기념하기 위해 후쿠오카에서 열린 '부산 · 후쿠오카 우정의 해' 기념식에 10여 명의 부산 상공인들과 함께 참석했다. '정情으로 하나 되는 부산 · 후쿠오카'라는 캐치프레이즈에 걸맞게 두 도시의 시장들은 서로를 형제로 부르는 등 기념식의 분위기는 화기애애했고, 기념식 후 열린 리셉션에서도 이 분위기는 그대로 이어졌다.

이 같은 분위기에서는 한국과 일본 양국 간의 날카롭고 긴장된 현안들, 이를테면 독도 영유권이나 종군 위안부 등과 같은 문제는 끼어들 여지가 없을 정도였다. 인접해 있지만 복잡미묘한 수많은 감정과 갈등이 내재되어 있는 국가와 국가, 국민과 국민 사이를 이토록 부드럽고 따뜻하게 만들어 준 것은 무엇이었을까.

문득 기념식장에서 양 도시 시장이 큰 글씨로 쓰여진 '情'이란 깃발을 서로 흔들어 우의를 다질 때 '정'이란 단어가 묵직하게 가슴에 다가왔다. 우리 민족에게 정이란 단어는 너무나 친숙하지만 또한 무어라 꼬집어서 설명할 수 없는 미묘한 단어이기도 하다. 그것은 한자의 애愛, 영어의 러브Love와는 또 다른, 어떤 의미임은 확실하지만 다른 어떤 말로도 풀어서 설명하기 힘든 사람과 사람 사이에 흐르는 끈끈한 감정, 눈에 보일 듯하나 보이지 않고 손에 잡힐 듯하나 잡히지 않는 감정이다. 이를 굳이 언어로 설명하자면 아마도 정서이견情恕理遣 즉, '잘못이 있으면 온정으로 참고 이치에 비추어 용서함' 정도가 아닐까 싶다.

그렇다면 한국인의 특성을 가리켜 '정이 있는 사람' '정이 많은 사람'이라고 표현하곤 하는데 거기엔 '마음이 따뜻하고 너그러운 사람' 혹은 '온건하게 사람의 도리를 지킬 줄 아는 사람'이라는 뜻도 내포되어 있을 것이다. 대체적으로 서양 사람들은 계약된 시간과 정해진 스케줄에 의해서만 일을 하는 합리성을 원칙으로 하고 있다. 일본 사람들은 조직을 중요시하고 조직을 위해, 조직에 의해 움직인다는 장점을 가지고 있다. 하지만 한국인에게는 이 둘을 합한 성실과 근면의 덕목 위에 한 가지가 더 있으니 그게 바로 정이라는 눈에 보이지 않는 마음일 것이다. "한국인은 정에 의해 움직인다"라는 말은 결코 과언이 아니다.

우리나라 사람들만이 가진 어쩌면 다른 나라 사람들보다 더 많이 가진, 이 정이란 덕목은 30여 년 기업을 경영해 온 나에게도 큰 힘과 지표가 되어 준 것이다. 외국의 경제인들이 회사를 방문할 때마다 항상 내가 강조하는 건 정을 기본으로 한 경영이다. 사원 전체가 서로 예의와 도리를 다함으로써 생긴 신뢰를 바탕으로 끈끈하게 맺어진 정이 기업을 안정시키고 성장시킴으로써 가정과 국가가 발전한다는 것을 강조해 왔다. 한국과는 정서와 문화가 다른 외국인들이 이 말을 어떻게 이해할까 싶어 처음엔 내심 우려했지만, 신기하게도 외국인들 또한 한결같이 정을 바탕으로 하는 회사 경영에 수긍과 공감을 하곤 했다. 각 나라들이 가진 단어의 뜻은 다르고 뉘앙스의 차이는 있을지라도 제도와 규범을 넘어 사람과 사람 사이에 흐르는 따뜻하고 끈끈한 신뢰의 중요성은 세계 공통의 것임을 새삼 확인하게 되는 부분이다. 정이 흐르는 현장, 정이 흐르는 기업에서는 각각의 조직 간에 발생하는 갈등과 반목은 그리 흔하지 않을 것이다. 이는 일상에서 뿐만 아니라 특히 정치와 관료 사회에서 꼭 필요한 미덕이기도 할 것이다.

'갈수록 정이 메말라 세상이 각박해진다'는 말만큼 두려운 건 없다. 정이 메말라 간다는 것은 정이란 말의 반대 개념인 한恨이 쌓여 간다는 의미일 터이고, 한이 누적된 사회는 언젠가 붕괴될 수밖에 없기 때문이다. 정이란 예의이고 도덕이며 문화이자 인간이 기본적으로 갖추어야 할 도리이다.

눈에 보이지는 않지만 느낄 수 있는 사람들의 가슴 밑바닥에 자리 잡은 따뜻한 마음, 사람과 사람 사이에 끊임없이 흐르는 끈끈한 정이 한으로 말라 버린 사람들의 가슴을 적시고 도처에 완강하게 닫혀 있는 문들을 열게 해 서로 소통하게 할 것이다. 정이 흐르는 사회, 정이 통하는 사회야말로 진정으로 밝은 미래를 향해 가는 지름길이 될 것이다.

바이오 시밀러Bio Similar의 시대

19 76년 생명 공학이 태동한 이래 30여 년간 생명 공학의 방향은 국내 총생산GDP의 15% 이상을 의료 부분에 지출하고 있는 미국이 종주국으로 현재까지 선두 자리를 유지하면서 발전하고 있다. 2000년 들어 한국에서도 벤처로 시작된 바이오 산업 분야가 고부가 가치를 창출하는 산업이 될 수 있다는 인식이 확산되면서 이제는 정부의 바이오 관련 부처에서 경쟁적으로 육성 계획을 수립하고 있다. 바이오 산업은 IT · BT · NT 등의 독자 기술이 2000년을 지나면서 신약 개념 패러다임의 급변과 다양한 융합 기술로 단백질 및 항체 신약 등이 미국 식품 의약국FDA의 허가를 취득해 치료제로 사용되면서 세계적으로 연간 매출액 3조~5조 원에 달하는 블록버스터Blockbuster급 산업으로 부각되었다.

현재까지의 개발은 살아 있는 세포를 이용하는 세포 치료제, 유전자 치료제 등 의약품과 생체 진단용 바이오 진단 시스템, 첨단 의료 영상 진단기기, 고령 친화 용품 및 바이오 에너지 개발에까지 이르렀다.

그러나 바이오 신약의 개발은 시간, 자본 및 기술 등이 축적된 기반 위에서도 하나의 신약이 산업화되기까지는 최소한 500억 원 이상의 자금과 10년 이상의 기간이 소요되는 어려운 산업이기도 하다. 이제 세계의 바이오 의약품 시장은 기존 바이오 신약의 특허가 끝난 제품을, 다른 방법으로 오리지널 제품을 만들 수 있는 바이오 시밀러 시장이 본격적으로 시작된 것이다. 세계 의약품 시장의 77.6%를 차지하고 있는 유럽과 미국에서 바이오 시밀러에 대한 가이드 라인과 관련 법규가 정비되면 유럽과 미국의 대형 제약 회사 외에 바이오 회사를 중심으로 바이오 시밀러의 개발이 시작되어 2010년까지 140억 달러 이상의 규모를 가진 거대 시장이 형성될 것으로 예상이 된다. 또 향후 5년에서 10년 사이에 특허가 만료되는 바이오 신약, 엔브렐 등 16개의 주요 바이오 의약품이 바이오 시밀러로 산업화된다면 500억 달러 이상의 거대한 시장이 될 것으로 확신한다.

합성 신약 개발의 경우 보통 20년 이상의 개발 기간과 1,000억 원 이상의 개발 비용을 쏟아 부어도 성공할 확률은 10만 분의 1밖에 없는 도박과 같은 것이어서 한국에서 합성 신약의 개발은 전무한 형편이다. 이에 비해 바이오 시밀러의 개발은 3~5년의 기간과 100억 원 정도의 투자비로 성공할 수 있으면서도 불치병이나 난치병을 치료할 수 있는 분야이기 때문에 한국에서 꼭 필요한 산업이라고 생각한다.

그러나 이런 바이오 시밀러 개발에 관한 한국 현실은 기술과 연구 인력은 갖추어져 있으나 생산 경험과 대량 생산에 필요한 대규모 배양 시설과 각종 분석 장비 및 정제 장비 등의 부족, 단백질의 구조와 배열이 제품마다 큰 차이가 있기 때문에 임상 과정 역시 만만치 않은 단점을 가지고 있다.

세계 경제는 2020년을 전후해 바이오 경제로 진입될 것이라는 경제학자들의 전망이 가시화될 것으로 보인다. 그렇다면 우리나라도 이제 바이오 경제로 탈바꿈하기 위해 국력을 총집결해야 할 때가 된 것이다. 물론 정부에서도 2004년부터 바이오 산업을 차세대 성장 동력 산업으로 규정하고 2010년까지 수출 200억 달러, 세계 7위 권의 바이오 산업국으로의 도약을 위해 노력하고 있다. 최근 이명박 정부에서도 국내 굴지의 대형 기업들이 그룹 차원에서 바이오 산업에 참여할 수 있도록 R&D연구개발 자금을 지원하고 있으며, 연구 개발비의 세액 공제 확대 등 민간투자 리스크를 완화하는 정책을 마련해 기업 지원을 하고 있다.

정부의 적극적인 정책 수립 지원 및 R&D 자금 지원도 물론 중요한 사항이지만 특히 바이오 산업 중 의약품의 개발은 거의 허가 사업이므로 식약청의 기업 지원 마인드가 시장 중심, 현장 중심으로 혁신적으로 전환돼야 할 필요가 있다. 또 해외 임상과 마케팅의 경험이 부족한 기업을 위해 이러한 일들을 전문적으로 대행할 수 있는 전문가의 육성과 해외 전문 기업들이 국내 기업을 도울 수 있는 규정을 마련해 정부의 지원이 이루어진다면 바이오 산업은 크게 성장하고 선진화될 수 있을 것이다. 이는 곧바로 국가 성장 동력 산업에서 주축 산업으로 발전해 한국의 바이오 산업이 2020년 바이오 경제의 세계화에 명실공히 중심축의 역할을 하게 되리라는 기대를 갖게 한다.

쇠 고기 파동으로 불붙은 촛불이 다소 사그라지는가 싶더니 일본의 독도 영유권 문제가 터졌다. 연이어 금강산 관광객 피격 사건마저 발발해 시국을 바라보는 국민들의 마음은 심란하기 그지없다. 신정부 출범 초기부터 숨 돌릴 틈 없는 고난의 연속이니 그럴 만도 하다. 게다가 경제 대통령을 표방해 출범했던 신정부의 정책 방향은 예상치 못한 고유가가 야기한 물가 상승이 경제 둔화로 빠르게 이어지는 탓에 서민 경제를 추스를 시간도 여유도 없다.

이처럼 숨가쁘게 돌아가는 시국과 더불어 지난 10여 년간 국민의 정부와 참여정부에서 중소기업 육성 대책이 수없이 수립되어 시행돼 왔지만 육성은커녕 중소기업의 발목을 잡고 도산의 징후로 나타나는 사회적 문제점까지 떠안게 되어 안타까움을 더한다. 분양가 상한제와 세금 폭탄으로 표현되는 종합 부동산세, 주택 보유세 등

설익은 규제 정책들로 인해 올 들어 시공 능력 평가 기준 500위권 내의 건설업체가 7개나 무너지고 6월 말 현재 부도처리된 건설업체만 181개이다. 이는 작년 같은 기간보다 45%가 늘어 하루 한 개 꼴로 부도가 이어지는 셈이다.

농촌의 양돈장 역시 양돈의 브랜드화와 대규모화 정책에 따라 정책 자금을 지원받기 위해 무리하게 양돈 시설을 확장한 결과 사료값 급등과 늘어난 양돈 규모에 의한 돈육 시세 하락으로 부도 위기에 처해 있다. 지난 달에는 한국의 명소가 될 것이라는 기대를 모았던 전천후 스키돔이 개장 9개월 만에 최종 부도를 내고 말았다. 자금 압박과 경영 미숙이 부도의 요인으로 그에 따른 천문학적인 피해 금액과 소유권을 넘겨받지 못한 200여 분양 당사자들의 피해가 크다는 각종 언론 매체의 보도가 있었다. 기업의 부도倒産는 매출액에 비해 영업 수익이 부진하고 이것이 손실을 일으켜 자본 잠식이 되면서 일어나는 결과라고 정의할 수 있다.

그러나 한국의 전 분야에서 발생하는 부도가 과연 이러한 단순 논리만으로 발생되는가에 대해서는 한번 더 생각해 볼 필요가 있다. 창업은 비전과 그 비전의 영속성을 기본으로 해 이익을 창출하는 일에 최상의 목표를 두고 있는 사회 활동이다. 회사가 어려워지면서 직원들의 봉급 날짜를 지키지 못해 출근은 하였으나 회사 입구에서 들어가지 못하고 돌아서 본 경험이 있는 CEO라면 창업 1년도 못 되어 부도를 낸 기업을 자금 압박과 경영 미숙에 의한 결과일 것이라고 어느 누구도 판단하지 않을 것이다.

역대 어느 정부도 창업을 지원하고 중소기업을 육성하는 혁신적 정책을 만들지 않은 정부는 없다. 또한 이러한 정부의 정책과 지원에 기대와 희망을 걸고 창업하기도 하는 반면 정부의 여타 정책과 지원에 의지하거나 기대지 않고 기업 스스로 자생력을 키워나가 자립한 기업도 많다. 하지만 늦어도 2년 이내에 허가를 취득할 수 있을 것이라는 정부의 정책과 지원만을 믿고 시작한 창업이 무려 7년의 시간을 허비하고 나서야 겨우 문을 열 수 있었다면 이런 경우를 어떻게 판단해야 할까. 온갖 이유와 장애 요인에 관한 변명은 차치하고라도 개장 9개월 동안만이라도 쓰러지지 않고 버텨낸 힘을 대견스럽다고 해야 하지 않을까. 새 정부 또한 오직 국민과 기업을 위한다는 명목으로 수많은 정책들을 제안하고 수립해 규제를 완화하는 등 지원 정책의 시행에 나서고 있다.

바라건대 새 정부의 모든 정책과 규제는 국민 위에 군림하는 명분만의 입안이 아니라 국민의 아픔을 온몸으로 느끼고 다양한 의견을 수렴한 후 수립되고 시행되었으면 한다. 기업과 국민은 서로 분리되어 있는 개체가 아니라 일심동체라는 개념 정립을 바탕으로 기업의 현장에서 고통과 애환을 공유하겠다는 머슴의 자세가 필요하다. 이런 자세가 혼란에 빠진 경제 살리기의 지름길이자 새 정부의 경제정책을 바라보는 국민들의 신뢰 회복을 위한 첩경이 될 것이다.

　기업 또한 더 이상 정부의 규제 완화나 지원 정책 등에만 의존하지 말고 스스로 차별화된 전문성과 인재, 자금, 자원 확보 등으로 근본적인 자생력을 키워 글로벌 경쟁에서 살아남아야 한다. 불확실한 전망과 혼란스러운 시국의 한가운데 놓여 있다고 하더라도 실력을 갖춘 준비된 기업에는 지금의 위기가 오히려 도약을 위한 새로운 기회가 될 수 있다는 인식이 필요하다.

아버지의 자리

현대 사회, 나아가 미래 사회는 여성의 시대가 될 것이라고 많은 전문가들은 전망한다. 현실적으로도 사회의 전 분야에 걸쳐 여성의 진출은 늘어나고 있고 여성들만의 전문적인 영역 확보 또한 이미 이루어지고 있거나 그 범위를 점점 더 넓혀 가고 있다. 기업의 신입사원 채용에서 성적의 상위권은 대부분 여성들의 몫이고 전통적으로 남성의 분야라고 여겨졌던 법조계, 정치계를 비롯해 사관학교 같은 군대 사회 또한 예외가 아니다. 여성들의 사회 진출로 인한 전반적인 능력 발휘는 현대 사회가 필요로 하는 여러 구체적인 부분들이 여성만이 가질 수 있는 특유의 감성과 잘 부합하기 때문일 것이다.

지금의 여성들에게는 결혼해 출산과 육아, 자녀들의 교육에만 몰두하던 근대적 삶의 방식은 급변하는 현대 사회에서 더 이상의 미덕이나 효력을 발휘하지 못하게 되었다. 물론 거기엔 여성 스스로가 여성 차별이 단지 법률 제도상의 차별이나 계급 억압의 부차적인 것이 아니라, 남성이라는 지배 집단이 여성이라는 집단을 지배하는 권력 구조로 파악한 페미니즘에 입각한 인식의 전환을 가지게된 탓도 있을 터이다.

사회 전반에 걸쳐 능력 있는 전문직 여성들이 늘어나고 그들이 차지하는 역할 비중이 늘어나는 일은 여러모로 바람직한 현상이다. 사회의 기초인 가족 구성원의 정신적, 경제적 발전에서부터 기업과 문화와 정치의 발전에 이르기까지 여성들이 사회에 끼치는 영향력은 막대하다.

그러나 세상의 모든 일들에는 빛과 그늘이 있는 법이다. 여성들의 사회 진출은 필연적으로 경제력의 증가 혹은 경제권의 주도를 가져오게 되고 가부장적 권위에 길들여져 있던 남성들의 입지는 축소되어 그로 인한 갈등과 불화 또한 만만찮은 사회적 문제로 부상하게된 것이다. 전통적으로 가정 경제의 모든 것을 책임져 왔던 남성의 위치는 그만큼 축소되기 마련이어서 남편이자 아버지, 자식이자 부모인 남성의 입지는 갈수록 왜소해질 수밖에 없다. 여성의 역할과 남성의 역할은 구분되어 있다고 교육 받았던 구세대와 남성과 여성의 역할 구분에 관해 동등하거나 여성이 오히려 우월할 수도 있다는 사회적 분위기에서 자란 신세대 간의 갈등 또한 피할 수 없는 부분이다.

　이로 인해 발생되는 여러 문제들은 누구나 피부로 체감하고 있는 것들이어서 의무와 책임만 있고 권리는 약화된 아버지들의 소외감은 노인 세대로 오면 더 극명하게 드러난다. 황혼 이혼이라는 단어는 이제 외국에서 건너온 신조어가 아니라 누구나 사용하는 일상어가 된 점 등이 이를 반증하는 사례이다.

　하지만 이런 현상에 대한 반성으로 전통적인 아버지의 자리와 모습을 재인식하는 계기 또한 없지 않았다. 얼마 전 세간의 화제를 모았던 영화 《워낭소리》가 그 예이다. 농사를 평생의 천직으로 삼아 소 한 마리를 의지하며 살아 온 시골 아버지의 모습은 치열하고 각박한 삶에 지친 현대인들에게 잔잔한 감동을 불러 일으킴과 동시에 흔히들 구세대로 치부해 왔던 아버지 세대가 가진 힘과 미덕에 관해 다시 한번 생각하는 계기가 됐다. 사회적으로 큰 발언권을 가지거나 목소리를 내지 않지만 세상의 그 어떤 변화에도 불구하고 묵묵히 자신의 자리를 지키며 살아온 이런 아버지의 모습은 때마침 불어닥친 글로벌 경제 위기와 더불어 만만찮은 반향을 불러일으킨 것이라 생각된다.

　세상이 아무리 변해도 여전히 아버지는 한 가정의 든든한 기둥이어서 바깥 세상의 온갖 세파에 시달린 가족들을 든든하게 떠받치고 포용해 주는 존재이다. 나이가 들어 사회적 경제적 활동은 멈추거나 예전만 못하다 하더라도 아버지는 여전히 아버지의 자리 그곳에 그대로 있는 것이다. 시절이 불안할수록, 세상에 여러 위기가 닥칠수록 평소에는 보이지 않던 아버지의 자리는 그 모습을 크게 드러낸다.

인간의 행복과 불행은 모두 남자와 여자, 세대와 세대의 결합인 가족 구성원에서 탄생한다. 성별과 역할과 세대의 구분이 없는 조화로운 결합이 사회적 화합의 밑바탕임은 두 말할 나위가 없다. 소외의 그늘에서 잘 보이지 않는 아버지의 의미, 아버지의 자리를 다시 한번 돌아봐야 할 때가 지금이 아닐까 생각한다.

의약품 산업, 규제 앞서 지원을

MB 정부의 국정 최고 어젠다는 규제 개혁이다. 이는 국민의 불편함과 기업 활동을 제한하는 각종 규제를 합리적으로 개선해 기업과 국민 모두가 잘 살 수 있는 나라를 구현하는 데 의미를 두고 있다. 새 정부 출범 100일을 즈음해 국민 건강을 위협한다는 쇠고기 파동으로 온 나라가 시끌벅적해 규제 개혁과 같은 경제 살리기 정책의 실행은 손도 못 대고 있는 실정이다.

쇠고기 파동 역시 한·미 FTA의 산물이라 더 이상 논의가 필요 없겠으나 글로벌 경쟁보다는 내수 위주의 안락한 성장만을 추구해 온 의약품 산업도 이제는 국가 간의 지식 경쟁력과 신약 개발을 위한 적극적인 R&D연구개발 투자를 해야만 살아남을 수 있는 한·미 FTA 시대를 맞아 심한 몸살을 앓고 있다.

의약품 산업은 제일의 '규제 산업'이라 불릴 만큼 연구 개발, 특허 및 분쟁, 허가·생산·유통 및 약가까지도 정부의 규제 및 허가로 관리를 받고 있기 때문에 한편으로는 국민 건강과 안전을 위한다는 대전제 아래서는 규제가 많아야 그것들이 보장된다는 역설적 논리가 성립된다. 그러나 이러한 규제도 국민 건강과 제약 산업의 경쟁력을 강화하는 상생의 규제가 돼야 하는데, 허가 관청의 일방적인 결정과 행정 편의주의로 인해 국민 건강과 기업의 경쟁력을 동시에 만족시킬 수 있는 블루오션을 찾지 못하는 점이 못내 아쉽다.

새로운 정부가 들어설 때마다 국민의 건강, 복지 정책의 강화는 정책의 단골 메뉴가 되었다. 정책은 곧 의약품 산업과 직결되어 산업의 경쟁력 강화의 지원 정책보다 규제 정책이 많아지는 게 현실이다. 한 가지 예로 최근 실시되는 '선별약가등제의 도입'은 복지 예산 절감이라는 명분으로 의약품의 과학적 가치가 상당 부분 배제됨은 물론 신약 개발의 의지마저도 꺾어 버리고 생산 기업의 생산 의욕을 저하시킴으로써 제약 기업 본연의 신약 개발과 국민 건강을 지키지 못하는 결과를 초래하게 된 것이다.

신약의 창출 및 의약품 개발은 다양한 기초 학문 위에 합성·생명 공학·IT 등의 기술력이 총동원되는 첨단 종합 산업으로 고도의 학문적 이론을 현장에서 포괄적으로 적용할 수 있는 전문가들의 경험과 미래 산업의 예측력을 가지고 장기간 연구해야만 개발 결과가 나오게 된다. 이러한 의약품 산업은 기술 집약형의 고부가 가치 산업이므로 정부에서는 국가의 성장 동력 산업으로 지정하고 많은 청사진을 그려 보고 있지만 우선 선행되어야 할 문제는 규제 개혁보다 국가의 지원 정책이 급선무이다.

선진국의 경우 충분한 이윤율 보장에 따른 기업 이윤과 정부 정책 자금으로 지원된 자금이 기업의 연구개발에 투입되어 새로운 신약이 탄생됨으로써 세계적인 경쟁력이 있는 기업 군이 형성돼 왔다. 그러나 새 정부 들어 기등재되어 있는 보험 약가마저 기등재 약목록 정비사업의 일환으로 인하를 하며 심지어 고지혈증 치료제의 경우 기등재 약가에서 최대 36%나 인하시키는 한국적 현실에서는 규제 개혁의 시행보다 그냥 이대로만 있어 주었으면 좋겠다는 심정이다.

21세기의 고부가 가치 산업, 종합 과학의 총아라고 불리는 제약 산업이 이러한 듣기 좋은 수식어로 끝나는 것이 아니라 진정 국가의 성장 동력 산업으로, 국가 경쟁력이 있는 산업으로 발전하기 위해서는 어느 일방적인 규제 완화 · 개혁보다는 상호 보완적인 규제 개혁이 바람직하다고 본다. 이제 '기업 프렌들리'의 정신 아래 국가의 발전과 국민이 잘 살기 위한 여러 정책들이 실현될 것이지만 단하나, 기업은 대차 대조표에 나타나는 숫자로 모든 것을 평가받는다는 사실을 기억해야 한다. 정책의 실현은 먼저 국민과 기업의 마음을 열게 해야 한다는 기본 정신을 명심해야 쇠고기 파동 같은 우를 두 번 다시 범하지 않을 것으로 본다.

세계보건기구wHo의 2006년도 통계 보고서에 의하면 한국 남성의 평균 수명은 73.5세, 여성은 80세에 달한다. 미국 남 75세, 여 80세 영국남 76세, 여 81세에 가까운 수치로 한국인들도 큰 질병이 없다면 80세 이상은 무난히 살 수 있게 된 셈이다.

노화를 연구하는 학자들은 65~74세를 전기 고령자연소노인라 하고 75세 이후를 후기 고령자고령노인로 구분하고 있지만, 오늘날의 60대는 노인이라 부르기엔 멋쩍을 만큼 젊음과 건강을 유지하고 있다. 더 나아가 요즘 70세에 맞는 고희연도 부끄러워서 마다하는 이들도 적지 않은 것이 현실이다. 과거 평균 수명 60세였을 때는 50세가 되면 벌써 뒷방 늙은이 취급을 받았다. 고작 10여 년의 여생 동안 죽음을 대비하며 지내던 옛 늙은이의 생활이 기억에 생생하다.

그러나 지금은 어떠한가. 평균 수명이 급격하게 늘어나고 모든 생활 환경이 숨가쁘게 변화하는 속에서 40~50세가 되어야 사회적 명예와 경제력이 최고에 달하는 인생의 절정기를 맞는다. 은퇴 연령은 과거와 크게 다르지 않고 오히려 IMF 이후 낮아지는 사회적 현상을 초래하게 되었다. 은퇴 시기를 50세 전후라고 본다면 과거에 비해 늘어난 평균 수명 20여 년은 고스란히 제2의 인생으로 살아가야만 한다. 현재의 50대는 심신의 건강과 사회적 인식을 따져볼 때 과거와 판이하게 다르다. 청년 못지않은 의욕과 열정으로 새 생활에 적응하려 노력해야 하는 것이다.

흔히들 나이는 숫자에 불과하다고 말한다. 하지만 70대를 바라보는 나로서는 이를 곧이곧대로 받아들이기는 어렵다. 아주 곱게 늙어 가고 싶은 것이 그나마 바람이라면 바람일 것이다. 그러기 위해서는 꽃을 가꾸듯 육체와 정신에 세심한 관심을 가져야 한다. 가능하다면 노화가 막 시작되는 중년기에 예방적 차원의 관리 노력을 기울이는 것이 훨씬 현명할 것이다. 우리 몸의 기능은 25세 이후로 조금씩 떨어지기 시작한다. '인간의 잠재 수명 120년'은 인체 내 염색체의 수명을 기본으로 계산되었다고 한다. 역설적으로 말하면 25세 때부터 자신의 몸을 세심하게 관리한다면 노화는 많이 지연시킬 수 있다는 이야기이다.

자가 면역 세포 치료가 그 같은 원리를 활용한 좋은 예이다. 몸의 관리도 중요하지만 정신적인 노화를 지연시키는 것은 더더욱 중요하다. 노년의 가장 큰 적은 외로움이다. 갑작스러운 생활의 변화와 가치관의 혼동이 이런 외로움을 부추긴다. 친구와 직장 동료들이 하나둘 곁을 떠나는데 고집과 아집으로 자기 주장이 강해지는 노년은 몇 남지 않은 사람들마저 떨어지게 한다. 그러니 외로울 수밖에. 자신만큼 다른 사람도 소중하고 귀하게 여겨야 하며 결코 무시하거나 경시하지 않아야 한다. 주위 모든 사람이 고맙고 존경스러운 사람이라는 마음가짐을 갖는 데 무던히 노력해야 한다. 가족들과의 대화 시간을 늘리고 공통 관심사를 만드는 것도 필요하다. 부부가 함께 운동이나 취미, 사회 봉사 활동을 하는 것도 행복한 노년기를 맞는 좋은 준비이다. '열두 효자 악처만 못하다' '이 복 저 복 다 합쳐도 처복이 제일이다'는 옛말도 있지 않은가.

대부분의 사람들은 나이가 들면 육체적·정신적·경제적 어려움에 대한 두려움을 갖는다. 이를 떨치고 하고 싶은 일, 해야 할 일을 당당하게 할 때 정신적 노화도 저만치 달아나게 된다. 노인이라는 계급장은 아무나 달 수 있는 게 아니다. 숱한 질병과 싸워 이기고 예기치 못한 고난을 뚫고 살아남았음을 증명하는 엄숙한 역사이다.

개인적인 노력도 노력이거니와 우리 사회도 이제 고령화에 대한 보다 철저한 준비를 해야 한다. 경제적인 측면이 특히 중요하다. 일본은 우리보다 고령화가 앞서가고 있지만 기업체 등에서 노인층을 생산 인구로 흡수함으로써 미래에 대비하고 있다. 물론 최근의 호경기에 힘입어 숙련 노동자의 필요성에서 기인한 것이지만 어쨌든 가장 큰 사회 문제 해결의 실마리를 잡아 가고 있는 것은 사실이다.

국민 소득 3만 달러 달성이 상당 부분 여성 인력 활용에 달렸다면 그 이후의 발전은 노령 인구의 재활용 없이는 쉽지 않을 것으로 여겨진다. 노인이 급증함으로써 생산 인구가 줄고 부양 인구만 늘어나면 국가적으로도 이런 손해가 없다. 개인의 행복을 위해서나 사회의 안정, 국가의 발전을 위해서라도 노인 노동력의 활용은 우리 사회가 심각하게 고민해야 할 과제이다.

국민의 뜻

신문이나 텔레비전의 뉴스에서 가장 흔하게 들을 수 있는 말이 '국민의 뜻'이라는 용어다. 정부와 정치인, 각종 사회 단체와 시민 단체들의 이슈가 되는 대중 집회의 구호에서도 또한 '국민의 뜻'이라는 문구가 빠지지 않는다. 선거가 치러지기 전과 치러진 후에도 가장 흔하게 듣는 말 또한 국민의 뜻인데, 너무도 자주 들어서 대부분의 국민은 이제 그 문장 정도는 줄줄 외울 정도가 되었다.

"국민의 뜻이 얼마나 소중하고 국민의 뜻이 얼마나 무서운지 다시 한번 절감하게 된다. 아울러 저희가 국민의 뜻을 제대로 받들어야 하겠다는 무거운 책임감을 느낀다." 이건 선거에서 승리한 측이 사용하는 틀에 박힌 문구이다. "국민의 뜻을 겸허히 받아들이겠다"는 문구는 선거에서 패배한 측이 즐겨 사용한다. 그야말로 제게 유리한 대로 끌어다 쓰는 약방의 감초이자 필요할 때마다 내걸었다

슬그머니 내려버리는 허울 좋은 깃발이 된 느낌이다.

이런 현상들은 비단 정치인들의 전유물만은 아니다. 정치와 경제 · 환경 · 문화 등 국가의 주요 부문에서 활동하는 시민 단체들 또한 사정은 별반 다르지 않다. 그들 또한 모두가 '국민의 뜻'을 전면에 내세운다. 경제 정의의 안정적 유지를 통해 공정하고 깨끗한 사회를 목적으로 결성했다거나, 소비자의 권리를 보호하고 인간적인 사회를 건설하기 위해 만든 단체라거나, 혹은 우리가 살고 있는 지구의 환경 문제를 해결하기 위해 설립된 단체라는 건 대부분의 국민이 알고 있다. 하지만 그들이 단체의 설립 취지에 맞춰 진정한 국민의 뜻을 제대로 파악하고 활동하고 있는지에 관해서는 잘 알지 못한다.

지난 정권 당시 정권에 우호적인 단체들이 상대적으로 정부 보조금을 많이 받았다는 사실은 이런 의문을 가중시킨다. 일례로 행정안전부가 국회에 제출한 자료를 보면 2003~2007년 독도 관련 단체에는 고작 2억여 원이 지원된 반면 광우병 대책 회의를 구성한 20개 단체에는 올해에만 8억여 원이 책정돼 있다. 그러니 도대체 국민의 뜻이란 무엇인가에 관해 한번쯤 의문을 갖지 않을 수 없다.

'대한민국의 주권은 국민에게 있고 모든 권력은 국민으로부터 나온다'는 대한민국 헌법의 1조 2항을 모르는 사람은 거의 없다. 하지만 국민의 뜻이 과연 제대로 이해되고 이행되는 것인지에 관해서는 회의적이다. 나는 그렇게 생각하지 않고 나는 찬성하지 않는데 언론을 통해 보여지는 모습은 그게 대부분의 국민이 가진 뜻으로 비쳐진다. 그래서 대부분의 국민은 정치에 무감각해지거나 비관적이 되고 소외감을 느끼지 않을 수 없다.

그런 소외감을 떨치고 '국민의 뜻'에 관해 용기있는 소신을 펼친 사람도 있었다. 1994년 3월 대구의 한 시민이 '국민의 뜻'이라는 말을 사용하지 말라며 '사용금지 가처분 신청'과 '손해배상 청구소송'을 제기했다. 소송의 금액은 3원, 야 3당의 대표에게 각각 1원씩의 손해배상을 청구한 것이다. 이는 일회성 해프닝으로 여겨질 수도 있겠으나 이런 용기있는 행동을 통해 잊고 있었던 국민에게 진정한 주권의 의미를 일깨운 인상적인 사건이었다.

최근 뉴스에 의하면 납세자가 스스로 시민 단체를 선택해 세액의 1% 내를 지원하는 이른바 '퍼센트 법'을 만든다고 한다. 국민이 소득세 확정 신고를 할 때 특정 비정부 기구나 비영리 단체를 지정하면 소득세 납부액의 1% 한도 내에서 정부가 이들 사회 단체에 대신 전달한다고 하는데 지난 해 20조 3,000억 원이 걷힌 점을 감안하면 이 지원금은 연간 최대 2,000억 원 규모가 된다.

시민 사회 단체는 이미 입법 · 행정 · 사법 · 언론에 이어 5부로 자리매김하고 있다. 또한 퍼센트 법은 중부 유럽 국가에서 도입돼 상당한 효과를 거두고 있어 진일보한 시민 사회의 촉진을 기대할 수도 있으리라는 전망도 가능하다. 무엇보다 국민 개개인이 자신이 낸 세금으로 시민 단체를 후원할 수 있다는 점은 그 동안 막연하게 알고 있던 시민 단체들에 대한 관심을 증폭시킬 수 있을 터이고 시민 단체들을 이념적, 정치적 편향으로부터 자유롭게 할 수 있을 것이다.

특히 막연한 개념이었던 '국민의 뜻'이 보다 구체적인 활로를 찾을 수 있지 않을까 하는 조심스러운 기대와 전망을 가져보게 된다. 늘 그래왔듯이 '국민의 뜻'이란 멀리 있는 것도, 거창하고 방대한 것도 아닌 이런 사소하지만 구체적인 제도에 의해 발현될 수도 있을 것이라 생각한다.

오늘날의 기업 환경은 효율성 강화와 구조 조정 등으로부터 신기술 개발과 새로운 경영 모델 개발로 무게중심이 이동하고 있다. 이러한 새로운 경영 환경에 걸맞은 경영 목표의 수립은 아주 중요한 일이다.

이를 위해서는 최고 경영자의 의지와 구성원들의 긍정적 사고가 뒷받침돼야 한다. 구성원들의 부정적 사고와 변하지 않는 의식 구조로는 설사 목표가 수립된다 하더라도 실현은 불가능할 것이며 결국 회사는 도태될 수밖에 없을 것이다. 긍정적 사고의 전환은 자기 혁신의 필수요건이지만 수동적인 사고가 몸에 밴 구성원들은 저항하거나 비협조적인 태도를 취하는 것이 다반사이다.

변화는 항상 약간의 번거로움과 불편함, 불안함을 수반하게 되는

데 이를 꺼리는 것이 항상 걸림돌이 되곤 한다. 우리 주변에는 아직도 '나는 할 수 없다. 해봤자 소용없어. 이건 안 되는 일이야'라며 잘못될 가능성이 있는 것은 반드시 잘못되고야 만다는 '머피의 법칙'에 함몰된 사람들이 많아 안타까움을 금할 길이 없다. 지난 30여 년간 회사와 가정, 심지어 지인들에게까지 긍정적인 사고를 끊임없이 요구해 나 자신은 '이긍정'이란 별명까지 얻게 됐다. 때론 무모하리만큼 낙관적인 전망으로 일을 벌였다가 크고작은 실패도 많이 했다.

하지만 만약 긍정의 힘이 없었다면 아무것도 해낼 수가 없었을 것이다. 얼마 전 서울의 명문 검진 센터에서 건강 검진을 받은 일이 있다. 검진 결과 녹내장의 징후가 있으니 재검을 받으라는 통보를 받았다. 그리고 재검에서 또 한번 부정적인 사고가 얼마나 큰 폐해를 낳는지 실감하게 되었다. 진료 의사는 재검 결과를 통해 실명의 상태라며 뇌종양에 의심을 두고 많은 질문을 했다. 마침 나는 며칠 전 이곳에서 MRI와 PET 촬영을 하였으니 그것을 보아 달라고 했다. 또 안과 검사 결과 녹내장도 없고 정상으로 나왔으니 이 검사만 다시 한번 해 보자고 하였으나 담당 의사는 뇌의 이상으로만 생각할 뿐이었다. 할 수 없이 다음 재검뇌종양 검사 날짜를 통보하겠다는 말만 듣고 돌아온 뒤부터 뇌종양, 뇌수술, 실명 등 끔찍한 상황들이 연상돼 일이 손에 잡히지 않았다. 그리고 4일 후 병원에서 전화가 와 한 번만 더 검사를 해 달라고 하였다.

이 마지막 검사로 결국 본래의 검사가 잘못된 것이고 녹내장 등 안과 질환에는 이상이 없다는 결론을 얻었다. 이렇게 부정적인 사고는 멀쩡한 사람을 실명시키기도 하고 뇌종양 환자로 만들기도 한다. 적어도 담당 의사가 환자의 말을 좀 더 적극적으로 수용했다면 '잘될 가능성이 있는 일은 잘될 것'이라는 '셀리의 법칙'이 실행되었을 것이고 며칠간 마음 고생을 하는 일도 없었을 것이다. 우리 사회는 아직까지 '머피의 법칙'보다는 '셀리의 법칙'을 더 절실히 필요로 한다.

'말이 씨가 된다'는 옛말이 있다. 자기가 자주 하는 말대로 결과가 나타나기 십상이니 말은 신중하게 하고 가급적 긍정적인 표현을 사용하는 습관을 들여야 한다. 사람의 마음은 의외로 엄청난 힘을 지니고 있으며 이것은 과학적으로 증명된 일이기도 하다. 생각은 반복적으로 되풀이할수록 더 큰 힘을 발휘한다. 생각의 힘을 긍정적 사고의 힘으로 키우려면 이 반복의 효과를 이용하면 도움이 된다. '나는 될 수 있다. 나는 할 수 있다'는 긍정적 생각을 반복해 습관화하면 그만큼 긍정적인 결과를 가져올 가능성이 높아진다.

또한 자신의 내면 세계에 숨겨진 엄청난 생각의 자원을 끌어내기만 한다면 자신의 삶을 더욱 풍요롭게 변화시킬 수 있을 것이다. 예컨대 건강한 몸을 원한다면 건강에 대한 긍정적인 의식을 가져야 한다. 회사가 잘되기를 원한다면 회사가 잘될 수 있다는 긍정적 사고를 견지해야 함은 물론이다. 경제적 풍요나 안정을 원한다면 이에 대한 의식을 지속적으로 강화함으로써 마음 속에 잠재되어 있는 강력한 생각의 힘으로 뜻한 바를 이룰 수 있을 것이다.

현대는 너무도 빠른 속도로 변해 가고 있다. 이 숨막히는 변화 속에 개개인들은 심각한 소외를 느끼곤 한다. 변화를 두려워한다면 그 소외감은 더욱 더 커질 수밖에 없다. 시대가 이러하니 마음을 다스리는 일은 그만큼 화급하다. 좀 더 밝고 긍정적인 사고로 난관을 헤쳐나가는 지혜를 가져야 할 때다.

바이오 산업의 R&D 전략

IMF 이후 최악의 불황이라는 어려운 경제 여건 속에서 중소기업 중 특히 R&D 위주의 기업이 많은 어려움을 겪고 있다. 기업의 R&D는 혁신적인 목표 설정과 함께 불확실성에 따른 위험의 감수와 자금과 인력 등의 투입을 제일 필요로 하기 때문에 고민은 더욱 깊어진다. 더구나 최근의 불황과 경기 침체는 미래가 불확실하고 한국의 시장은 물론 전 세계의 시장이 크게 위축되어 기업 자체의 생존이 문제가 되어 있는 상황에서 기술 개발의 전략을 보다 심사숙고하지 않을 수 없다.

그러나 기업의 연속적인 발전과 미래를 위해서는 어려운 시기라 해 기술 개발에 대한 투자를 축소하거나 포기하는 일은 결코 바람직하지 않다. 아주 상반된 이론이라 하겠으나 어려운 시기일수록 R&D 관련 조직의 혁신적 개편과 전사적인 비용 절감 등을 통해 기술 개발만은 집중적으로 투자하는 것이 미래의 기업 발전에 크게 기여할 수도 있을 것이다. 또한 세계적인 위기 상황과 예측불허의 변화의 시기가 후발 기업의 입장에서는 앞서가는 경쟁자를 따라 잡아 새로운 시장에서 교두보를 확보할 수 있다는 측면에서는 기술 개발의 투자가 좋은 기회가 될 수 있을 것이다.

기업의 미래 전망을 어느 정도 예측할 수 있는 바이오 산업은 이러한 변화의 시기에 적극적으로 기술 개발 투자를 확대함으로써 기업의 미래 성장을 위한 혁신적 전략을 다시 한번 수립해 목표에 도전해야 할 것이다. 현 정부에서는 기업의 R&D 투자 유인을 위해 여러 가지 정책을 수립해 독려하고 있다.

특히 바이오 산업은 국가의 성장 동력 산업으로 지정해 현재 부산만 해도 (재)부산테크노파크의 해양생물산업 육성 센터를 위시한 7개의 지원 기관과 경남에 (재)김해시 차세대 의생명융합 산업지원센터 외 13개 소, 부산에 부산대학교 면역 제어 센터를 비롯한 2개소 등 부산·울산·경남에만 33개 소의 지원 기관이 협의체를 구성해 기업을 지원할 만반의 준비가 되어 있다.

옛말에 장꾼보다 풍각쟁이가 더 많다는 속담과 같이 잘못하면 지원 대상이 되는 기업보다 지원 기관이 더 많을 수 있는 기현상이 발생할 수도 있지만 기업의 측면에서 보면 이보다 더 행복한 고민은 없을 것이다. 이와 같이 우리 바이오 기업들은 위에서 지적한 조직의 혁신적 개편, 전사적인 비용 절감 등을 하지 않으면서도 각 분야의 지원 인프라를 이용해 기업의 미래 가치를 높이고 기술 투자를 할 수 있는 환경을 가지고 있으면서도 이를 이용하고 활용하는 데는 너무나 인색해 참으로 안타까울 뿐이다.

아무리 좋은 호기를 맞아도 잘 준비된 자만이 기회를 창출하듯이 항상 기업의 발전을 위해 R&D 투자의 기본 정신과 노력이 있어야 할 것이고, 기업의 수익은 모든 위험에 대한 도전의 결과로 돌아온다는 정신으로 바이오 기업을 운영해야 할 것이다. 기업은 작든 크든 당장 기업을 운영할 수 있고 수익을 창출할 수 있는 산업화된 제품과 더불어 장기적 투자의 개념으로 중장기 연구 테마를 가지고 계속 연구를 하는 자세가 필요하다.

특히 바이오 산업에서는 이 점이 제일 중요하다. 바이오 산업은 의약 · 해양 · 식품 · 환경 · 기계 · 녹색 산업, 융합 기술, 기타 서비스 산업 등 모든 산업에 접목되어 있으므로 연구 분야가 너무나 많고 미래 성장 가치가 어느 산업보다 크기 때문에 세계의 모든 국가들이 바이오 산업을 미래 성장 동력 산업으로 지정하고 경쟁적으로 R&D에 투자를 하고 있다.

한국 역시 바이오 산업의 지원 기관이 어느 산업보다 많은 것도 모든 연구 결과를 산업으로 연결해 국가의 발전을 기하기 위함이다. 여기에 우리 바이오 기업이 주역이 될 수 있는 호기를 맞고 있으므로 국가의 발전 전략에 맞추어 우리가 하고 있는 기업의 발전과 더불어 국가의 발전에 일익을 담당해야 할 것이다.

아름다운 은퇴

지인 중에 조그만 식당을 하는 이가 있다. 평생을 이 작은 식당을 꾸리면서 가족을 위해 살아온 그는 회갑을 맞이한 후 자신의 분신이나 다름없는 이곳을 아들에게 물려주기로 결정했다. 변두리의 작은 식당이기는 하나 갖은 정성을 쏟아부어 성실하게 운영한 탓에 꽤 이름이 알려진데다 맛으로도 소문난 곳이어서 그의 아들 또한 흔쾌하게 이곳을 물려받기를 원했다.

그러나 일선에서 은퇴를 하게 된 그는 자신이 꿈꾸던 노후 생활과는 전혀 다른 현실에 부닥치게 되었다. 비가 오나 눈이 오나 일 년 내내 자신의 직장인 식당에 붙박혀 살았던 탓에 변변한 취미 생활이나 친구조차 없던 그는 심한 소외감을 느끼지 않을 수 없다고 한다. 무엇보다 가장 견디기 힘든 소외감은 자신의 가족들로부터 오는 것이라고 하는데, 식당을 물려받은 그의 아들은 이렇다 할 논의

없이 식당 운영을 자신의 방식대로 바꿔 버린데다, 오랫동안 쌓아 온 식당 운영의 노하우를 가진 아버지의 조언이나 충고를 시대에 맞지 않는 고리타분한 것으로 치부해 버리기 일쑤라고 한다.

이런 예는 기업인의 경우에도 예외가 아니다. 자신이 평생 일군 기업을 물려 주고 일선에서 은퇴한 기업인이 있다. 이분 또한 나름의 여유 있고 조화로운 노후를 꿈꾸었으나 막상 만나게 된 것은 어디에도 속하지 못하고 고립된 자신의 위상뿐이었다. 그 또한 기업 경영의 치열한 일선에서는 물러나도 그 동안 자신이 쌓아 온 경영의 철학과 지혜를 젊은 세대와 나누고 공유할 수 있으리라 기대했지만, 일선에서 물러나는 순간 그는 그야말로 뒷방 늙은이로 전락한 자신의 처지를 실감할 수밖에 없었다고 한다. 물론 그는 지금도 그가 일구어 온 기업에 사무실을 갖고 있기는 하지만 찾아오는 이도, 관심을 가지는 이도 없는 사무실로 출근하는 일과가 지옥에 다름아니라고 하소연한다.

어찌 이들뿐이랴. 이런 상황은 직장에서 정년 퇴직을 하거나 이러저러한 사정으로 사회의 일선에서 물러나게 된 이들이 공통적으로 겪게 되는 딜레마이자 전반적인 사회 문제일 거라고 생각한다. 이들에게 왜 좀 더 현명한 노후 생활에 관한 설계를 꾸리지 못했냐고 비난하는 일은 온당치 않다. 우리 사회는 아직 일선에서의 은퇴 이후를 준비할 수 있는 충분한 경제적, 정신적 여유와 제도를 마련하지 못하고 있는 게 현실이기 때문이다.

무엇보다 정년 퇴직 세대를 바라보는 사회적 시각과 인식의 미성숙이 이들의 소외감을 부추기는 가장 큰 원인이다. 급변하는 현대 사회의 흐름은 늘 새로운 시대적 상황에 걸맞는 새로운 지식과 감성을 요구하기 마련이고 이에 능동적으로 대처할 수 있는 의식을 필요로 하다 보니 젊은 세대 위주의 사회 구성과 운용은 어쩌면 당연한 일이기도 하다.

하지만 이런 풍조는 또 당연하게도 빠른 세대 교체를 불러오기 마련이어서 젊은 세대의 너무 이른 조로 현상 또한 막을 수 없게 된다. 이런 현실들이 불러온 게 이른바 45세 정년 퇴직이라는 사오정, 56세까지 회사를 다니는 건 도둑이라는 뜻의 오륙도 등의 자조적인 신조어를 탄생케 한 원인이기도 하다. 평생을 한 분야에 종사해 온 은퇴 세대들이 온몸으로 학습하고 체득한 풍부한 경험과 지혜들은 한 국가, 한 사회의 소중한 자산임에 분명하지만 우리 사회는 이 자산들에 관한 가치나 운용에 관해 도외시하거나 무관심하기 일쑤다.

현대 사회에 필요한 새로운 감성, 새로운 기술과 지식이 소중한 만큼 그것들을 가능케 한 이전 세대들의 깊고 폭넓은 경륜 또한 무시하지 못할 저력을 가진 자산으로 엄연한 가치를 지니고 있다. 이 자산을 미처 인식하지 못하거나 제대로 활용하지 못할 때 이들 은퇴 세대들은 소외될 수밖에 없고 이들의 잠재된 자산들은 사장될 수밖에 없다. 이는 한 개인의 차원을 넘어 국가적으로도 커다란 낭비가 아닐 수 없다.

정년 퇴직 세대의 아름다운 은퇴란 경제적인 여유를 가지고 한가롭게 여가 시간을 보내는 일이 아니다. 자신이 가진 능력을 확인하고 점검해 국가와 사회에 보탬이 되는 새로운 기회를 가지게 될 때 비로소 은퇴 이후의 삶은 활기차고 풍요로워지며 존재의 가치를 증명받게 된다. 이를 위해서는 은퇴 세대를 바라보는 시각의 긍정적 변화가 우선되어야 하고 이를 구체적으로 현실화해 실현할 수 있는 사회적 제도의 보완 또한 필요하다.

갈수록 고령화 사회로 이동해 가는 현실에서 소외된 은퇴 세대들이 온전한 위치에서 제 역할을 다 할 수 있어야 극단적으로 양극화되어 서로 소통하지 못하는 세대 간의 공백 또한 메꾸고 해소될 수 있다. 그럴 때 비로소 다음 세대의 은퇴 이후를 위한 건강한 초석이 마련될 수도 있을 터이고 무엇보다 일선에서의 은퇴란 더 나은 삶을 위한 새로운 출발이라는 인식의 변화를 사회 전반에 걸쳐 가져다 줄 수 있는 계기가 되기도 할 것이다.

의약 분업이 실시되고 나서부터 일반인들 사이에는 오리지
널 약이란 말들이 많이 나오고 있다. 말 그대로 최초의 약
이고 원형의 약인 것임은 틀림없으나 일반인들이나 전문가 집단의
일부까지도 아주 다른 해석과 견해를 가지고 있어 한국의 제약인의
입장에서 한마디 하고자 한다.

오리지널 약은 해석 그대로 최초의 약이지 동일 성분으로 만들어
진 후발 업체의 약품과 비교해 절대 우월적이고 좋은 약효를 가지
고 있다고는 할 수 없다. 일반 공산품이나 농산품은 만드는 장소와
기술과 재배된 토양과 환경이 다를 수가 있어서 동일 제품이라 해
도 품질의 좋고 나쁨의 등급이 있을 수 있다고 할 수 있으나 적어도
한국 정부의 허가를 받은 제약 회사에서 생산된 제품은 동종의 제
품에 있어 일괄적으로 품질의 등급을 가릴 수가 없는 제약 환경을

가지고 있다.

　정부는 1994년 한국의 전 제약업소에 KGMP우수 의약품 생산 기준라는 선진국 수준의 시설 기준과 고급 인력을 요구하는 대정비를 하였다. 그 결과 현재 생존하는 제약 기업은 시설의 크고 작음은 있을 수 있으나 좋고 나쁜 회사는 있을 수 없으며, 또 제품 하나 하나에 원료에서 생산 공정, 품질 관리, 판매에 이르기까지 전부를 정부의 통제와 심의를 받고 있는 실정이다. 의약 분업이 실시되고 난 시점부터는 오리지널 약과 같다는 생물학적 동등성 실험임상 실험과 약효 동등성 실험이란 것을 해야만 허가·시판이 허용되는 의약계 실정에서 오리지널 약의 우월성 운운하는 세태가 자못 전문인으로서는 못마땅하기만 하다.

　세태가 이렇게 해석을 하고 있으니 한국에 들어와 있는 모 다국적 기업 제약 회사의 회장이 국산약은 쓰레기 같은 약이라고 공공연히 망언을 해 한국 제약 기업으로부터 심한 항의를 받고 있는 실정이다. 한국 제약 역사 100년, 그 동안 다른 분야도 물론 많은 발전을 하였지만 제약 기업도 사회 어느 분야 못지않은 생산 시설과 우수한 연구 인력으로 신제품 개발에 도전하는 선진국 수준임을 다시한번 국민들에게 이해를 구하고 국산약에 대한 믿음과 좀 더 많은 애정이 있어 주기를 간곡히 바란다.

발효와 부패

발효와 부패는 두 개의 현상 모두 특정 유기물이 미생물에 의해 분해되는 현상이다. 그러니 기본 메커니즘에는 별다른 차이가 없는 셈이다.

하지만 좀 더 세부적으로 들어가 보면 두 현상에는 큰 차이가 있다. 먼저 발효는 미생물의 작용으로 유기물이 분해되어 사람에게 유용한 물질이 생성되는 것을 말한다. 반면 부패는 생물의 시체, 음식물 등 질소를 함유한 유기 물질이 혐기성 세균에 의해 불완전하게 분해되는 것이다. 쉽게 말해 발효는 김치·된장·치즈 등 인체에 이로운 물질을, 부패는 아무짝에도 쓸모없는 물질을 만들어 낼 뿐 아니라 인간의 환경을 오염시키는 물질을 만들어 내는 것이라 생각하면 간단하다. 또한 발효에 작용하는 균과 부패에 작용하는 균은 완전히 다르다. 부패균의 경우 아민, 황하수소 등을 발생시켜 반드시 악취를 동반한다는 특징이 있다. 예를 들어 배추는 실온 상태에 방치해 두면 부패균이 활동을 개시, 악취와 함께 썩게 된다. 이에 반해 배추에 소금을 절여 부패균의 작동을 막으면 썩지 않는다. 여기에 적당한 온도를 제공할 경우 발효균이 나타나 맛있고 인체에 이로운 김치가 되는 것이다. 이렇듯 부패와 달리 발효는 특정 조건과 환경 하에서 일어난다.

 인간의 의식 속에도 부패와 발효가 가진 특성과 같은 물질이 존재하지는 않을까? 선인이든 악인이든 인간은 누구나 똑같다는 말들을 흔히 한다. 인간은 누구나 평등하다, 혹은 인간의 죄를 미워하되 사람을 미워하지 말라는 말도 자주 인용된다. 선인과 악인의 갈림길에 선 인간을 어느 쪽으로든 결정짓게 만드는 건 무엇일까? 타고난 천성일까? 가정과 학교가 가진 교육의 힘일까? 아니면 한 인간이 살고 있는 당대의 사회가 가지는 사회적인 기류가 영향을 미치는 것일까? 아마도 인간을 쉽사리 선인과 악인으로 구분짓게 만드는 가장 큰 요인은 물욕일 것이다. 누구나 현대를 가리켜 물질 만능주의 또는 천민 자본주의라고 쉽사리 정의한다.

 하지만 인간이 가진 물욕은 인류의 탄생과 더불어 원초적으로 시작된 인간의 가장 큰 욕망 중의 하나임을 누구도 부인할 수는 없다. 신문이나 텔레비전에서 우리는 흔히 '부패한 정치인' '부패한 사업가' '부패한 교육자' '부패한 누구누구의 직업군'들을 만날 수 있다.

어떤 직업군은 아예 싸잡아 '부패한'이라는 수식어를 달고 다니기도 해서 늘 그러려니 하지만 가장 부패하지 말아야 할 어떤 직업군들의 소식에 관해서는 충격을 감추지 못하기도 한다.

하지만 정작 자신의 삶에 관해서는 객관적인 시각을 가지기는 힘들다. 어떤 특정한 '부패한…' 직업군에 관해 개탄하거나 비난하는 일은 누구나 흔히 하는 행위이지만 정작 자신의 행동에 관한 선악의 구분에 관한 반성은 쉽지 않은 일이기 때문이다. 나는 사회 구성원의 일원으로서 부패한 시민인가, 아니면 사회에 이로운 발효 작용을 일으키는 시민인가? 나는 부패한 사회의 부패한 사람들이 일으키는 사회적 오염에 관해서 어떤 생각을 가지고 있는가. 선량하고 아름다운 발효 작용을 일으키는 사람들에게 박수를 칠 만한 아량과 자신을 가진 사람인가.

어쩌면 극단적 개인주의 사회에서 이러한 구분조차 어려운 일일지도 모른다. 어떤 행위가 어떤 상황에서는 부패가 되고 어떤 상황에서는 발효 작용이 되기도 하는 다분화, 다변화하는 사회를 우리가 살고 있기 때문이다. 하지만 언제, 어떤 사회에서든 진심과 진실은 아무런 거부나 장애 없이 통용되기 마련이다. 누구나 인간의 어떤 행위에 관해 부패인지 발효인지 판단할 본능적인 능력을 갖고 있다. 그러므로 '부패한'의 대명사로 불리는 직업군에서도 눈에 띄지 않는 발효 작용으로 세상을 정화하는 이가 있고 청정과 순수의 대명사로 불리는 직업군에서도 은밀한 부패는 늘 일어나고 있다는 것을 알고 있다.

그럼에도 세상이 흔들리지 않고 인간의 도리가 땅에 떨어지지 않는 것은 대다수의 사람들이 나름의 정당하고 올바른 가치관으로 생활하며 혼탁해지는 세상에 조용한 발효 작용을 계속하고 있기 때문이다. 그것은 마치 김치와 같아서 누구도 귀하게 여기지는 않지만 우리의 일용할 양식에서 빠지지 않고 섭취돼 인체의 건강을 유지하게 하는 작용을 한다.

굳건하게 변하지 않는 물질 만능의 사회에서 우리를 부패로부터 구해 내는 건 무엇일까? 사람과 사람을 소중하게 여기고 인간의 도리를 다하며 서로를 배려하는 진심, 이른 바 '정'과 같은 것이다. 사람의 마음 밑바닥에 숨어 있는 따뜻하고 진실한 마음의 정은 결코 부패하지 않는다. 뿐만 아니라 사람과 사람 사이를 부드럽고 아름답게 만들며 서로를 배려하는 훌륭한 발효 작용을 한다. 정은 한국인이 늘 상식하는 김치와 같은 것이다. 이 아름다운 정서가 부패하지 않게 소중히 가꾸고 지켜 나가야 할 것이다.

제 2 부
정은 품고 한은 풀자

삶에서의 그런 굴곡을 겪으면서 나는 생각했다.
'남에게 폐를 끼치지 않는 삶, 남에게 도움을 받은 만큼 돌려주는 삶' '정을 가지고 한을 풀어주는 삶' 을 살겠노라고.
그렇게 마음 먹으면서 아마도 나는 더 강해지고 불행에 대처하고 단련하는 법을 배우게 되었으리라 생각한다.

사람의 삶은 우연히 혹은 필연적으로 만나 맺어지는 인연들의 연속이라고 생각한다. 생각해 보면 이 크고 작은 인연들에 관해 사람들은 곰곰이 생각해 볼 겨를을 갖지 못한 채 살아가고 있는 듯하다.

인연이란 무엇일까? 석가모니는 인연에 관한 설명을 갠지스 강의 모래에 비유했다고 한다. 석가모니가 제자들에게 갠지스 강의 모래를 가리키며 "저 모래알 한줌을 쥐면 모래알의 숫자가 얼마이겠는가"라고 묻자 제자들이 대답하길 "무수히 많아서 헤아릴 수가 없습니다"라고 대답하였다. 그러자 다시 석가모니는 "그렇다면 갠지스 강의 모래알의 숫자는 얼마이겠는가"라고 물었다. "손바닥 안에 있는 모래알의 숫자도 헤아리지 못하는데 어찌 갠지스 강의 모든 모래알들을 헤아릴 수가 있겠습니까"라고 제자들이 대답했다. 석가모니가 말하길 "사람과 사람의 만나고 헤어짐 또한 이처럼 헤아릴 수 없으니 그 인연을 소중하게 여겨라"라고 했다고 한다. 하루에도 수없이 많은 사람들과 만나고 스쳐지나가고 헤어지기를 반복하는 게 예나 지금이나 똑같은 사람의 삶이니 충분히 설득력이 있는 설법임에 틀림이 없다.

하지만 이 수없이 많은 사람과의 인연 속에 모두 좋은 관계들만이 있을 수는 없다. 어떤 이와의 인연은 행복하고 즐거운 것으로, 또 어떤 사람과의 인연은 전생의 악업을 반성해야 할 만큼의 악연으로 다가오기도 한다. 그러니 일상과 사회의 여러 시간들 속에서 만나는 사람들에게 늘 선하고 바른 마음으로 대하는 수밖에 다른 최선은 없다고 생각된다.

그리고 그런 마음가짐은 더러 생각지도 않은 상황에서 큰 도움을 주기도 하는 것임을 나 역시 몸소 겪은 바 있다. 1980년대부터 제약회사의 최신 시설 근대화의 일환으로 KGMP우수 시설 기준를 국가가 권장하였고, 드디어 1994년까지 하지 않으면 전 생산 품목을 생산 중지할 것이라는 최후통첩을 했다. 그 긴급한 자금을 구하기 위해 백방으로 노력을 기울였지만 여의치 않았고 마침내 궁여지책으로 소유하고 있던 임야를 팔아 자금을 마련하기로 했다. 이러저러한 과정들을 거쳐 임야를 매매하기로 하고 계약서를 작성한 뒤 계약금 3천만 원을 받고 한시름을 놓는가 싶었다.

하지만 계약을 체결하고 계약금을 지불했음에도 불구하고 임야를 매입하기로 한 측에서는 차일피일 잔금 치루기를 미루더니 마침내는 계약을 파기하자는 통보를 해 왔다. 물론 관례에 따라 계약금으로 지불한 3천만 원은 포기하겠다는 것이다. 긴급한 자금을 마련하기 위해 매매하기로 한 부동산이었고 한푼이 아쉬운 판에 3천만 원은 큰 돈이었다. 아니 긴급한 상황이 아니더라도 3천만 원이란 돈이 어디 적은 돈이던가. 어쨌든 합법적으로 3천만 원이란 돈을 가질 수 있는 기회가 생겼음에도 나의 마음은 영 개운하지 않았다.

내게도 큰 돈인 이 3천만 원은 임야를 매입하기로 했던 그들에게 역시 큰 돈일 것이라는 생각 때문이었다. 주위의 만류를 뿌리치고 나는 계약을 파기한 측에 전화를 걸었다. 계약금 3천만 원은 돌려주겠노라고. 그러자 계약을 파기한 측에서 놀랍다는 반응이 건너왔다. 다른 사람 같으면 돌려 달라고 애걸복걸하거나 조금만 손해를 보게 해 달라고 매달려도 거절하면 그만일 텐데, 당신은 왜 부탁도 않았는데 돌려 주려는 것이냐고.

나는 대답했다. 내가 아무리 돈이 급하기로서니 내 노동으로 땀 흘려 벌지 않은 돈이 어찌 달갑겠냐고. 외환 위기를 맞아 너도나도 한푼이 아쉬운 판에 당신들의 고통을 모른 척하고 이 3천만 원을 그냥 챙긴다면 도저히 나는 마음이 편치 않아서 살 수 없을 것 같다고. 상대측에서는 생각지도 못했던 제의였던지 그 다음날 바로 나를 찾아왔다. 매입을 포기했던 그 부동산을 다시 매입하겠노라고. 나는 시간을 줄 테니 다시 한번 생각해 보라고 했지만 그들은 그 자리에서 잔금을 치르고 매매 계약을 성사시킨 후 돌아갔다. 그러면서 당신은 참 별난 사람이라고 생각되지만 당신의 그런 마음 씀씀이가 매입을 포기하려고 했던 내 마음을 돌려 놓은 것이라는 말도 덧붙이면서. 어쨌든 그 부동산을 처분한 덕에 KGMP 시설을 무사히 할 수 있었고 진심으로 나는 그에게 고마운 마음으로 종종 연락을 취하며 서로의 인연을 이어가고 있었지만 시간이 흐르면서 점차 연락은 뜸해졌다.

4~5년쯤 지난 뒤였을까. 집사람과 함께 일본 오사카 골프 여행을 갔다가 숙소에서 이분을 다시 만났다. 그동안 연락이 끊긴 상태였으므로 무척 반가운 마음으로 서로의 안부를 묻게 되었다. 그러다 자연스럽게 그가 매입한 그 임야의 안부도 묻게 되었는데, 대단히 미안하게도 그 부동산으로 인해 많은 곤란을 겪었다는 이야기를 했다. 그가 매입한 그 땅에 터널이 통과하게 되었는데 그 터널로 인해서 그가 원래 사용하기로 한 땅의 용도에 차질이 생겼다는 것이었다. 터널 공사를 시공한 국가와 지금도 소송을 벌이고 있는 중이고 결과를 예측하기 힘든 지루한 싸움이 될 거라는 얘기도 했다.

무척 미안한 마음을 금치 못하는 내게 그는 아무렇지도 않게 말했다. 어쨌든 이러저러한 사정이 있었지만 그 땅의 일 또한 나의 일이니 당신이 미안해할 일은 없다고. 그냥 스쳐지나갈 뻔한 인연을 당신의 진실한 배려가 인연의 끈을 이어 놓았고 그래서 지금도 우리가 웃으면서 반갑게 만날 수 있지 않느냐고.

순간 많은 생각들이 가슴에 와 담기는 것을 느꼈다. 나 또한 세상을 사는 동안 수많은 사람들과 인연을 맺고 끊기도 했을 테지만 그 수많은 인연들 속에서도 진심을 잃지 말자고 생각했던 나의 마음가짐이 이런 따뜻한 인연을 맺게 된 것이리라는 그런 생각들. 사람과 사람 사이의 인연이란 상대를 한번 더 생각하는 바른 마음가짐이 결정하는 것이라는 걸 다시 한번 깨달았다. 상대를 향한 바른 마음이 세상의 모래알처럼 많은 인연들을 악연으로 만들지 않고 좋은 인연으로 만드는 마법을 발휘한다는 것을. 이런 사실은 얼핏 평범하지만 결코 작지 않은 소중한 진리라는 것을.

바보의 미덕

19 85년 싱가포르에서 한국인 3명, 일본인 3명이 자리를 같이 했다. 이유인즉 향료 공장을 하는 일본인 친구가 싱가포르에서 개최하는 국제 향료 전시회에 참가하면서 우리를 초청한 것이다. 우리 일행은 전시회를 참관한 후 3일 동안 같이 지내면서 교분을 쌓을 기회를 만들었고 이 우정이 일본인에게는 생소한 계 형식의 모임이 되어 'BB會'가 탄생하게 되었다.

BB會비비가이는 영문 표기의 BaBo에서 이니셜Initial BB를 만들어 일본어 會를 붙여 부르게 되었는데 여기에는 웃지 못 할 사연이 있었다. 사람은 누구에게나 조금은 바보스럽고 모자라는 면이 있기 마련인데 당시 우리들 일행 중에는 사리가 분명하고 머리가 명석하여 전혀 바보스러운 면이라고는 찾아 볼 수 없는 완벽주의자가 있어 자연히 우리들의 리더 역할을 하게 되었다.

세상의 모든 사람들은 어느 누구와도 닮지 않은 자신만의 삶에서 터득한 경험이나 지혜, 논리와 경륜이 있기 마련인데 그것을 송두리째 무시하고 일방적으로 자신만의 의견을 상대에게 강요하는 태도로 상대방을 당혹하게 하는 경우가 있다. 우리 사이에 이러한 일들이 종종 있었으나 나머지 일행은 전혀 불편한 기색 없이 끝까지 들어 주면서 좋은 분위기를 만들어 가고 있었다. 하지만 사람의 마음 또한 거기서 거기인지라 그분을 제외한 일행들은 누가 먼저랄 것도 없이 자신의 기분을 드러냈다. 저 분의 이야기를 듣고 있으면 우리는 꼭 바보가 된 기분이라고.

그야말로 이심전심으로 그런 이야기를 나누던 중 누군가 불쑥 그런 제의를 했다. 우리는 어쩌면 바보가 맞다. 그러니 우리 바보가 된 사람들끼리 모임을 만들어서 서로 바보인 사람들의 고충을 들어주기도 하고, 너무나 완벽한 삶보다는 조금 모자라는 듯한, 조금은 손해 보는 듯한 삶을 살아보자는 의견을 모았다. 그렇게 우리는 친구가 되고 같은 바보로서 동족이 되어 모임을 결성했다. 아이러니하게도 나를 이 일본인들에게 소개시켜 준 분은 제외된 채 그들과 만나 부정기적으로 모임을 가지며 친목을 다지기 시작한 게 지금까지 이어지고 있다. 생각해보면 사람의 인연이란 전혀 뜻밖의 곳, 뜻밖의 상황에서 이어지기도 하는 것이니 인간의 삶이란 참으로 예측 불허한, 재미있는 상황의 연속이기도 한 것이다.

이 일본 분들 중 한 분은 자신의 회사에 한국인 직원을 몇 명 채용할 정도로 지한파이자 한국통이다. 어느 날 이분은 내게 현재 자신이 겪고 있는 고충을 토로해 왔다. 그는 자신이 직원으로 채용한 한국인들에게 전폭적인 신뢰와 지지를 보내고 있었으나 그를 제외한 다른 일본인의 시선은 그렇지 않았던 듯했다. 중역회의에서 한국인 직원 채용에 관해 항의를 제기해 왔던 것. 중역들의 의견은 이러했다. "많은 유능한 일본인들을 제쳐 두고 왜 한국인을 직원으로 채용하느냐. 그리고 이 한국인들에 의해 자회사의 정보와 기밀이 유출되고 있지 않은가. 당신은 바보가 아니냐"고 문제 제기를 하였다.

이 문제에 관해서 그분은 이렇게 대답했다고 한다. "당신들의 말대로 어쩌면 나는 바보일 수도 있다. 하지만 기업을 책임지는 사람의 입장으로서 나의 의견은 당신들과는 다르다. 지금처럼 기술과 문화의 환경이 급변하는 시기에 기술을 혼자 소유하고 독점하려는 것은 어리석다. 하나의 기술을 공유하게 되면 그 기술에 대한 단점들이 점차로 보완될 것이고 이는 또 다른 신기술의 발명과 발전을 가져온다. 오직 예전의 관습에 얽매인 고루한 사고방식으로 기술에 보호막을 쳐놓고 있으면 그 기술은 결코 발전하거나 진화하지 못하고 사장되거나 퇴화한다. 당장 눈앞의 이익만 추구하는 이런 단순하고 이기적인 사고방식은 필연적으로 한 기업의 쇠퇴를 불러온다는 걸 생각해본 적이 있느냐. 과연 누가 바보인지 한 번 진지하게 숙고 해보길 바란다"고 했다 한다.

이 이야기를 듣고 난 후 나는 다시 한 번 똑똑한 사람, 바보 같은 사람에 대한 규정과 의미를 생각해보게 되었다. 사람과 사람의 관계에서 단지 자신의 이익을 위해, 자신이 가진 경험과 지혜의 우월감을 만족시키기 위해 목소리를 높여 자신의 의견을 강요하며 타인의 의견을 무시하고 평가절하 하는 사람은 겉보기엔 일순 똑똑하고 강한 사람으로 보인다. 반대로 상대방의 의견이 훌륭하든 보잘것없는 것이든 상관없이 귀 기울여 듣고 이해하려 노력하며 경청하는 사람은 또한 얼핏 어리석고 자기주장이 없는 무기력한 사람, 이른바 소심하고 바보스러운 사람으로 보이기 쉽다.

세상의 여러 의견에 대해 귀를 막은 채 오로지 자신의 입만 열어 놓은 사람. 자신의 조그만 이익을 위해 물불을 가리지 않는 사람은 현대 자본주의 사회에선 유능한 사람, 용인 가능한 사람으로 이해될 수 있다. 그러나 자신을 낮추고 눈앞의 이익에 연연하지 않으며 이해와 양보의 자세가 몸에 배어 있는 사람은 자칫 무능한 사람, 자기주장과 가치관이 없는 사람으로 오해받을 수 있다. 하지만 나는 기꺼이 후자를 택하는데 주저하지 말라고 충고하고 싶다.

똑똑한 사람의 삶은 크고 강하고 화려하지만 부러지기 쉬워서 소외를 불러오기 마련이라고. 목소리가 작고 겸손하며 자신을 내세우지 않는 사람, 이른 바 바보의 삶은 겉보기엔 작지만 제 안에 가득한 감사와 충만으로 인해 겉으로 드러나지는 않아도 튼실한 뿌리를 세상에

넓게 뻗고 있는 사람이라고.

　우리가 비비까이, 즉 바보회라고 이름 붙은 모임의 멤버들은 모두 60을 넘는 나이이지만 사람과 사람 사이의 공감은 그런 연륜의 차이나 국경이라는 공간을 뛰어넘는다. 바보와 바보의 만남은 세상 그 어느 똑똑한 사람들의 만남보다도 아름다운 신뢰로 연결되어 30여 년을 지속하고 있으며 일본과 한국에서 각자 유수한 기업으로 발전하여 경영 일선에서 열심히 하고 있다.

멋진 노인으로 살아가기

회갑 혹은 환갑이라고 하면 대개 나름대로 평탄하게 삶을 살아 온 한 사람의 생애를 축복하기 위해 자녀들이 여는 잔치, 즉 수연壽宴을 생각하게 된다. 하지만 회갑의 사전적 의미를 찾아 보면 그 뜻이 일반적인 개념들과는 다소 다름을 알 수 있는데, 여기에서 회갑의 참뜻을 깨닫게 된다.

회갑回甲이란 천간天干과 지지地支를 합쳐서 60갑자甲子가 되므로 태어난 간지干支의 해가 다시 돌아왔다는 뜻이니, 이를 곰곰이 생각해 보면 61번째의 생일엔 모쪼록 다시 새로운 삶을 살겠다는 의지를 가지라는 옛 사람들의 지혜와 의미가 숨어 있음을 알 수 있다.

굳이 이런 뜻풀이가 아니라도 나의 경우 환갑을 지나고 나서 육체적으로 또 정신적으로 전혀 새로운 사고가 생겨남을 느낄 수 있었다. 우선 육체적으로는 나이가 들면서 자연스럽게 젊음의 활기가 사라짐을 느끼게 되니 무엇보다 삶에서 부딪치는 여러 다양한 상황들을 만날 때 몸이 먼저 움직여 행동하는 대신, 일의 앞뒤를 찬찬히 심사숙고하는 지혜가 생긴다는 점이다. 물론 이런 지혜를 가지게 되는 이면에는 또 육체의 쇠락이 가져다 주는 상실감으로 인해 노년의 삶에 관한 쓸쓸함과 정면으로 부딪치게 된다.

이럴 경우, 환갑 이후의 삶에 관한 새로운 각오와 의지가 필요하다는 게 나의 생각이다. 환갑 이전의 삶이 연극으로 치면 다양한 동기와 욕망에 관한 갈등이 난무하는 서막 혹은 제 1, 2장이었다면 환갑 이후의 삶은 그 모든 욕망을 어루만져 화해하고 갈등을 치유하며 온화하게 삶을 마무리 짓는 결말, 즉 대단원의 막을 내려야 하는 중요한 시간이라는 인식을 갖게 된다.

나 자신의 성취감을 위해 혹은 가족의 안위를 위해, 또 사회 구성원의 한 사람으로서 국가와 민족의 경제에 이바지하고자 오로지 앞만 바라보며 치열하게 살았던 삶을 여유와 지혜를 가지고 가만히 정리하며 지금까지와는 전혀 다른 시간을 자신의 생애 속으로 불러내어 사유하고 향유할 시간인 것이고 그 시간이야말로 진정한 의미의 전성기, 인생의 꽃으로 비유될 수 있을 거라는 생각이다. 그러기위해서는 어떤 마음의 준비와 구체적인 계획들이 필요한 것일까. 나는 내 인생에 찾아온 이런 변화들을 내 나름대로 정리하고 준비하며 또 실천해 보고자 한다.

첫 번째, 아름답고 곱게 늙어가자.

나이가 들면 찾아오는 신체적인 변화는 누구도 어쩔 수 없는 일이다. 곱게 늙는다는 것은 항상 자신의 건강을 지키고 관리해 주변의 염려를 자아내지 말자는 뜻이다. 건강을 지키지 못하면 추하게 늙어갈 수밖에 없고 가족과 주변의 부담스러운 짐으로 전락한다. 규칙적이고 절제 있는 생활로 건강을 지키는 일은 노년의 삶에 가장 중요한 일일 것이다.

두 번째, 항상 베푸는 마음을 가지자.

타인에게 무엇을 베푼다는 의미는 굳이 경제적인 부분만의 가치를 지니는 것은 아니다. 나의 작은 마음 씀씀이, 너그럽고 따뜻한 한마디의 말이 늘 팍팍하게 긴장되어 살 수밖에 없는 현대인의 삶에 큰 위안이 된다. 또한 노년의 시간일망정 사회에 봉사하며 기여할 수 있는 일들은 주변을 둘러보면 얼마든지 있다. 내가 아닌 우리, 나보다 먼저 타인의 입장을 배려하고 생각하는 일은 오히려 자신의 삶을 더욱 윤택하고 의미 있는 것으로 만들어 줄 것이다.

세 번째, 늘 참여하는 삶을 가지자.

노인과 노년의 삶이 불행하다고 느껴지는 건 무엇보다 가족과 세상으로부터의 소외 때문이다. 평생을 자신보다는 가족의 안위가 먼저인 삶을 살아오다 어느 순간 일터에서 잊혀지고 가족들에게 부담스러운 존재가 되어 버리는 것이 대한민국의 보편적인 노인들의 삶이다. 경로당이나 공원을 배회하며 하릴없이 시간을 보내는 노인들의 소외된 삶은 전혀 남의 일이 아님에도 불구하고, 젊은이 위주로 움직이는 현실은 노인들의 삶에 관한 관심을 가질 만한 여유를 없게 만든다. 그럴수록 의지를 가지고 주변의 현실에 적극적으로 참여하고 의견을 개진하는 삶을 살도록 하자. 노인의 지혜와 폭넓은 사고방식이야말로 현대 사회에 꼭 필요한 자산이고 미덕임을 늘 잊지 말아야 한다.

네 번째, 환경의 변화를 인정하자.

주변의 친구들이나 배우자가 하나 둘 세상을 떠날 때 홀로 남겨진다는 느낌은 견디기 힘들 만큼의 당혹감을 가져다 준다. 하지만 그건 생명을 가진 세상의 어떤 존재도 피해 갈 수 없는 숙명이므로 그 변화 또한 긍정적으로 받아들이자. 노년의 삶에서 느껴야 하는 공허와 허무의 감정 또한 노인들의 재산일 수도 있다. 그런 감정들이야말로 삶을 올바르게 인식하고 정확하게 꿰뚫어 보는 지혜를 가져다 주는 노인만의 특권이자 힘이다. 자신이 미처 인식하지도 못하는 사이에 찾아오는 노년의 시간들을 인정하고 받아들일 때, 삶을 기쁘게 긍정하는 마음은 찾아 온다. 자신이 먼저 자신의 삶을 인정하고 존중할 때 비로소 주변의 존중 또한 생기게 되는 법이다.

다섯 번째, 항상 감사하는 마음을 가지자.

너나 할 것 없이 노인이 되면 말이 많아진다. 그건 자신이 살아 온 시대의 흔적, 즉 모든 힘든 일을 혼자 결정하고 감당해 온 가부장적 기질이 몸에 배어서이기도 하지만 가족이나 주변 누구도 자신의 마음을 온전하게 이해하지 못한다는 불만과 섭섭함이 쌓여 온 결과이다. 세상의 누구도 자신의 삶을 타인으로부터 온전하게 이해받으며 살 수는 없다. 나의 고립과 고독 또한 세대를 불문하고 세상의 모든 사람들이 필연적으로 가질 수밖에 없는 존명의 비애라는 걸 이해하면 자신의 주변에게 늘 감사한 마음으로 살아 갈 수 있다. 내게 위안과 위무가 필요하다면 그건 주변의 누구에게나 마찬가지이다. 갖은 삶의 굴곡을 견뎌내고 살아 온 자의 넉넉함과 너그러움으로 주변을 따뜻하게 감싸 안으며 감사할 줄 아는 마음은 노인의 삶에서 꼭 필요한 덕목이라고 할 수 있을 터이다.

이스라엘 속담에 "나이가 많아질수록 입은 닫고 지갑은 열라"는 말이 있다. 지갑을 열라는 것은 경제적으로도 세상에 베풀기를 멈추지 말라는 뜻일 테니 그 부분은 각자의 경제적인 여건에 따라 달라질 수 있지만 자신의 삶을 조용히 반추하고 사색하며 그 지혜를 세상과 나누며 행동하는 일은 얼마든지 실천 가능한 일이다.

노인의 삶이 고독과 소외뿐이라고 미리 짐작하는 일은 어리석은 일이다. 내게 찾아온 삶의 변화를 인정하고 자신의 존재를 직시하며 삶을 완상해 나가는 노년의 모습 또한 충분히 아름다울 수 있다. 나 또한 이런 몇 가지의 다짐을 스스로에게 하며 그런 아름다운 삶의 시간들을 넉넉하게 향유했으면 하는 바람이다.

어떤 전환점

사 람들은 누구나 살아 가면서 크고 작은 굴곡들을 겪는다. 삶의 큰 변화 없이 순탄하게 한 생애를 살아 가는 사람들도 있고 어느 순간의 큰 굴곡으로 삶의 전환점, 이른바 터닝 포인트를 맞게 되는 사람들도 있다. 삶은 결코 정체되어 있는 연못 혹은 저수지의 물 같은 건 아니다. 살아 가는 일, 삶을 살아 낸다는 일은 어떤 환경을 만나 끊임없이 제 몸을 바꾸며 흘러가는, 흐르기를 멈추지 않는 강물 같은 것이라는 생각이다.

누군들 그렇지 않으랴마는 내게도 어려운 시절은 있었고, 그 시절의 내가 조금만 생각을 달리 했더라면 어쩌면 나의 삶과 생애는 지금과는 전혀 다른 모습을 하고 있으리라는 생각을 이따금씩 하곤 한다. 인간의 삶이란, 인간의 생이란 매순간마다 부딪치는 크고 작은 선택의 연속이기도 하다. 우리말 중에 '마음 한번 잘못 먹으면', 혹은 '마음 한번 잘못 쓰면'이라는 말은 대단히 중요한 의미를 내포하고 있다는 걸 이만큼 살아 오고 난 후에야 비로소 이해할 수 있게 되었다. 시간의 흐름은 인간에게서 젊음을 앗아가지만 또 그만큼의 깨달음과 지혜를 안겨 주는 법이니 신은 참으로 공평한 시각을 가진 분임에 틀림없는 듯하다.

나는 5060세대이니 누구보다도 힘들고 신산한 시대를 살아 왔다. 하지만 그게 고생이라고 생각되지 않았던 것은 나뿐만 아니라 대한민국의 모든 사람들이 똑같이 겪는 일이었기 때문이다. 가난과 궁핍은 나 혼자만의 것이 아니라 당시의 대한민국 국민 모두가 겪고 있는 일이었으니 그걸 굳이 나만의 불행이라고 생각할 만한 근거도 이유도 없는 탓이었다. 대학을 졸업하고 이러저러한 일을 거쳐 경북도청 의약과에 근무하면서 결혼을 하고 아내는 대구에서 약국을 열어 운영하고 있었다. 남과 별다를 바 없이 평범한 삶을 살고 있었으니 내게 삶의 어떤 커다란 굴곡이 닥칠 것이라는 생각은 하지 못했다.

어느 날 직장으로 아내의 다급한 전화가 걸려 왔다. 집달리들이 약국으로 몰려와 딱지를 붙이고 있다는 것이다. 문제의 발단은 당시 운수업을 하고 있던 아버님의 사업이 여의치 않으면서 발생한 일이었다. 여기저기서 돈을 끌어들여 주차장 부지를 확보하면서 사업을 확장해가던 아버님은 그 사업이 관계 당국의 허가를 취득하지 못하자 급격한 자금난에 시달리게 되었다. 주변의 거의 모든 가족 친지들의 돈을 끌어들이고 보증을 받곤 했으니 장남인 내게 그 여파가 밀어닥치는 건 어쩌면 당연했다.

당시엔 법보다도 주먹이 가깝다는 말을 공공연하게 하던 시절이었다. 직장에 출근을 하면 깡패들이 몰려와 아버지를 찾아내라며 협박을 하는 통에 일은커녕 출근조차 할 수 없는 형편이었다. 당시 채권단의 일부인 은행과는 소송을 벌여 이겨 놓은 상태였지만 법 따위가 무슨 상관이냐며 막무가내로 덤벼드는 깡패들을 혼자 힘으로 막기는 역부족이었다. 그 정도는 혼자 감수할 수 있었지만 아내의 명의로 되어 있던 약국에까지 들이닥친 채권단의 횡포에 그만 그 동안 억눌렀던 분노가 폭발하고 말았다. 혈기왕성한 나이 탓도 있었을 터이지만 부친의 일과 상관 없이 나 또한 친구의 보증을 섰었고 그 일이 잘못되어 아내의 약국에까지 차압이 들어온 것이다.

불행은 결코 혼자 오지 않는다고 했던가. 내게로 몰아닥친 예기치 않은 불행들에 절망하고 격노한 나는 곡괭이를 들고 약국으로 달려가 차압 딱지가 붙은 약국을 닥치는 대로 때려부수고 말았다. 남과 다른 이렇다 할 불행 없이 그저 소박하고 평탄한 삶을 살아 가던 내게 닥친 최초의 시련에 분노와 당혹감을 감추기 힘들었던데다 아내와 가족들에게까지 힘든 시간이 닥친 것에 관한 나의 자기 방어적인 감정 표출이었던 셈이었다. 하지만 그런 행위로 해결될 일은 결코 아니라는 것 또한 나는 잘 알고 있었다. 뿐만 아니라 이미 아버지는 모든 것을 내게 일임한 채 부산으로 피신을 해 있는 상태였고 이제 아버지의 부채는 오롯이 내가 해결해야 할 몫이 되어 있었다. 나와 아버지의 재산은 채권단에 의해 압류가 되어 있는 상태여서 어떤 방법으로든지 해결을 보면 되었지만 가장 힘든 건 친척들에게 진 부채였다.

혈연으로 연결된 멀고 가까운 친척들과의 부채 관계는 타인들과 관련된 부채와는 또 다른 성질의 것이어서 곤혹스럽기 짝이 없었다. 채권단들이야 법의 수순을 밟아 해결하면 그뿐이었지만 친척들의 부채는 법적으로 해결할 수 없는 정서적이고 감정적인 문제들이 연결되어 있는 것이어서 내가 운신할 수 있는 폭은 대단히 좁았다.

내 삶에서 처음 맞닥뜨린 이 곤경을 헤쳐 나가기란 당시의 내 나이를 생각한다면 결코 만만한 일이 아니었다. 내가 어려움에 부닥쳤을 때, 심정적으로 물질적으로 내게 힘이 되고 도움을 주는 사람들은 내 주변이나 일가친척이 아니라 그 동안 내가 살아 오면서 쌓아온 인간 관계의 신의, 신용 같은 것이라는 것도 처음 알게 되었다.

아버지의 완강한 반대에도 불구하고 나는 모든 재산을 채권단에게 넘겨 주고 대구를 떠나기로 결정한 후 내 손으로 사표를 써서 경북도청에 제출했다. 일 년만 하고 말리라던 공무원 생활을 7년이나 한 것이었으니 그리 큰 미련은 없었다. 채권단의 득달같은 성화와 횡포에 정상적인 직장 생활을 할 수도 없었을 뿐더러 이미 파다하게 소문이 나 추락한 집안의 위신을 감수하면서 대구에 살고 싶은 생각도 없는 터였다.

　일가친지들의 부채를 제외한 모든 부채를 정리하기 위해 나와 아버지의 재산은 채권단에게 넘겨졌다. 다만 아내의 명의로 되어 있던 약국만은 채권단의 양해를 얻어 최소한의 생존 경비를 마련하기 위한 일환으로 친구에게 팔기로 했다. 하지만 오래 몸에 익은 인간의 습관은 쉬이 버려지지 않는 법. 잔뜩 술에 취한 나는 늘 그래 왔듯이 아내가 운영하던 약국으로 발길을 옮겼고 약국에 도착해서 친구 부부가 약국을 정리하고 있는 모습을 발견하게 되었다. 그제서야 내게 닥친 불행의 실체가 비로소 실감나게 다가왔고 뭐라고 형언할 수 없는 절망과 실의의 감정이 주체할 수 없이 밀려왔다. 마침내 나는 어두운 골목의 담벼락에 주저앉아 큰소리로 목놓아 울었다. 태어나 내가 처음 만난 커다란 슬픔이었다.

　살면서 누구나 크고 작은 어려움을 만나고 또 헤쳐나가곤 하지만 누가 내게 가장 힘들 때가 언제였는지를 묻는다면 아마도 나는 그때 그 상황이라고 대답할 것 같다. 만약 그때의 그런 시련이 내게 닥치지 않았더라면 내 삶은 어쩌면 지금과는 완전히 다른 삶이었을지도 모른다는 생각을 한다.

당시의 절망과 실의를 견뎌내지 못하고 그저 포기해 버렸다면, 그야말로 마음 한번 제대로 잘못 먹었다면 어떻게 되었을까. 부산으로 내려와 아내는 다시 약국을 운영했고 나는 제약 회사의 상무로 일하게 되었다. 약국 점포에 딸린 단칸방에서 시작한 새 삶이었지만 어쩌면 내가 가질 수밖에 없었던 운명의 새로운 시작이었던 셈이다. 다행히도 아내의 약국은 잘 운영되었고 친척들에게 진 부채도 해결할 수 있었다.

　삶에서의 그런 굴곡을 겪으면서 나는 생각했다. '남에게 폐를 끼치지 않는 삶, 남에게 도움을 받은 만큼 돌려주는 삶' '정을 가지고 한을 풀어주는 삶'을 살겠노라고. 그렇게 마음 먹으면서 아마도 나는 더 강해지고 불행에 대처하고 단련하는 법을 배우게 되었으리라 생각한다. 내가 내 마음을 잘 다스리고 잘 쓰고 난 이후엔 그야말로 진인사대천명, 사람의 도리에 최선을 다하고 난 후 나머지는 하늘에 맡기는 일은 쉬우면서도 결코 쉽지 않은 일이라는 것을 내 생애 가장 큰 굴곡을 통해 깨달을 수 있었다.

메사돈에 관한 기억

지금의 젊은 세대는 아마도 메사돈이라는 약품의 이름을 전
혀 알지 못할 것이다. 하지만 그들의 할아버지 세대인
5060세대라면 아마도 이 이름을 기억하고 있지 않을까. 경북도청
의약과에서 공무원으로 재직할 때 내 업무 중의 하나가 바로 아편
과 앵속 등의 재배와 거래를 적발하는 일과 이 메사돈의 유통과 사
용을 단속하는 일이었다. 지금 생각하면 참 어이없는 일이지만 이
메사돈은 분명 마약류의 일종이었음에도 불구하고 진통제 주사약
으로 오인되어 버젓이 시중에 판매되고 있었고 그게 전국적인 문제
가 된 사건이 바로 메사돈 사건이다.

일제시대를 거쳐 한국전쟁이 끝난 후 사람들의 삶은 피폐할 대로
피폐해졌고 인성은 황폐해졌으며 끝을 알 수 없는 가난과 미래에
대한 불안에 시달리던 시절이었다. 그런 탓에 아마도 많은 사람들

이 암암리에 헤로인 분말과 주사액, 모르핀, 아편 등을 사용하며 중독되어 있었으나 1961년 5·16 군사정변이 일어나고 군사 정권이 들어서면서 사회 기강 확립의 차원에서 마약의 상용과 거래에 대한 규제가 엄격해지기 시작했다. 마약의 거래에 관한 규제가 심해지면서 마약 구입이 어려워지자 마약 중독자들은 일시적인 중독 증상의 완화를 위해 마약이 아닌 대용품을 찾기 시작했는데 그것이 바로 메사돈이다.

문제의 발단은 1962년 진통제를 생산하던 일부 제약 회사가 정부의 허가를 받아서 생산·시판하던 진통제 주사약에 국내에서 잘 알려지지 않은 마약 성분인 메사돈을 마약이 아닌 성분과 혼합해 제조·시중에 판매함으로써 시작됐다. 일반 진통제 주사에 마약 성분이 포함되어 있었으니 진통 효과가 뛰어났음은 주지의 사실이고 그러다보니 일반 환자들에게도 널리 사용되는 것은 물론 마약 중독자들이 마약 대용으로 애용하기 시작했다. 이런 이유로 당시 시중에는 이 메사돈 주사약이 만병 통치약으로 소문이 나면서 날개 달린 듯이 팔렸고 일반인들뿐만 아니라 농부, 광부, 어민 등 육체적으로 힘든 노동을 하는 사람들은 지금의 사람들이 비타민을 복용하듯이 상용한 것이다.

이 메사돈 주사약은 속칭 '샛밥'으로 불리웠는데 약국에서의 판매뿐만 아니라 이 주사약을 들고 전국 방방곡곡으로 판매하러 다니는 행상까지 버젓이 생겨나고 있었다. 힘든 농사일을 하던 농부가 무력감으로 들판에 쓰러져 있다가 메사돈을 팔러 다니는 행상들의 "샛밥 사시오"라는 외침에 진통제 주사를 맞고 벌떡 일어나 다시 농사일을 시작하는 게 일반적인 풍경이었고 어민들은 조업을 나갈 때 아예 메사돈을 상자째 싣고 나가기도 했다.

　이런 지경이니 메사돈에 포함된 마약 성분에 의한 중독 현상이 얼마나 심했는지는 불 보듯 뻔한 일이었다. 그러니 항간에는 이 메사돈의 중독자 수가 100만이 넘었다는 이야기도 공공연하게 나돌았다. 마약의 중독이 그러하듯 이 메사돈 중독의 폐해도 엄청난 것이었다. 메사돈을 구하기 위한 폭력과 살인, 절도, 가정 파탄에 친족 살해, 일가족 자살 등 그 피해가 한 개인의 가정사를 떠나서 전반적인 사회 문제로까지 번지면서 대다수의 선량한 국민들의 삶은 돌이킬 수 없는 지경으로 치닫고 있었다.

　의식주와 생계조차 제대로 해결하지 못한 채 그저 잘 살아보겠다는 희망 하나만으로 하루 하루를 버티던 '보릿고개' 시절의 국민들에게 한 무책임한 악덕업자의 상술이 이처럼 치명적인 피해를 주고 만 것이다. 다행이 악덕 상혼이 낳은 이 어처구니 없는 사건의 전부가 드러나 더 이상의 유통과 남용을 막을 수는 있었지만 돌이켜보면 제약회사의 책임과 의무가 얼마나 큰 것인지를 뼈저리게 깨닫게 하는 사건이었다.

불과 40여 년 전의 우리나라에 정말 이런 일이 일어났을까, 의문을 가지는 사람들도 있을 것이다. 하지만 이는 엄연한 사실이고 자칫했으면 엄청난 화를 불러와 국가의 근본을 흔들 뻔한 큰 사건이었으며 이의 단속과 근절을 위해 나를 포함한 수많은 공무원들이 도시와 시골을 가리지 않고 불철주야 동분서주하던 일이 아직도 생생하다.

우리나라는 상대적으로 다른 국가들에 비해 마약 전파가 덜한 청청 국가로 자부하기도 한다. 물론 일부 계층을 중심으로 번진 마약 문제가 늘 사회 문제의 일부로 잠복해 있긴 하지만 마약에 관한 국민들의 이해와 경계심은 그리 걱정할 만한 수준이 아니라는 게 일반적이 견해일 것이다. 하지만 해외 여행이 자율화되어 빈번해지고 국민 소득이 높아지면서 마약 남용에 관한 문제는 언제나 엄중하게 감시하고 규제해야 할 사안임은 분명하다.

날이 갈수록 복잡다단해지는 현대 사회의 전반적인 갈등과 개인의 스트레스는 언제든지 마약이라는 함정 앞에 노출되어 있다. 쾌락의 추구이든 불안정한 현실의 불안으로부터의 도피를 위한 것이든 마약은 늘 위험한 유혹의 손길을 거두지 않는다. 한번 발을 디디면 빠져나오기가 결코 쉽지 않은 늪, 아니 파탄과 나락의 끝을 향해 열려 있는 문이기도 한 이 마약의 검은 손으로부터 국민들을 안전하게 보호하는 일은 아무리 강조해도 지나치지 않다.

이제는 사람들에게서 까마득히 잊혀져 버렸지만 지금도 제약인으로서의 의무와 권리를 깨우쳐 주는 1960년 전후의 이 메사돈 사건은 내게 여전히 거울인 셈이다. 제약인의 한 사람으로서만이 아니라 메사돈 사건을 목격하고 그 폐해에 관해 너무나도 잘 알고 있는 보통 사람으로서의 나의 염원은 부디 대한민국만은 마약과 그 유사류에 의한 오염이 없는 밝고 건전하며 건강한 사회가 지속되기를 바라는 마음이다.

부자가 존경받는 사회

일본 오사카 근교엔 아시아 주택 단지라는 부촌이 있다. 부촌이라는 말 그대로 일본 사회의 각 분야에서 나름대로 성공을 거둔 사람들이 모여 사는 곳이다. 자본주의 시장경제 체제 하에 있는 세계의 어디를 가도 그런 지역은 존재한다.

부촌이라고 하면 흔히 헐리우드의 억만장자들이 사는 베버리힐즈나 우리나라 재벌 총수들의 저택이 있는 서울의 한남동을 연상하기 마련이지만 이곳의 분위기는 좀 다르다고 할 수 있겠다. 이유인즉 경제적으로 또 사회적으로 성공한 사람들이 모여 사는 곳이어서 위화감이나 거리감을 갖는 지역이 아니라 그 지역과 사회에서 진심으로 존경받는 사람들이 사는 곳이기 때문이다.

성경에도 기록되어 있듯이 부자가 천국에 가는 일은 낙타가 바늘

구멍을 통과하기 만큼 어렵다는 게 사회적 통념이다. 부자는 인색하다, 베풀 줄 모른다, 또는 아홉 개를 가진 사람은 열 개를 채우고 싶어 한다, 등등의 말로 가진 자의 탐욕과 인색함을 질시하고 비난한다. 부자가 존경받는 일, 부자가 존경받는 사회는 그만큼 어렵다는 뜻이다. 우리나라는 특히나 그런 인식이 강한 민족 중의 하나라고 생각되는데, 그 이유는 아마도 물질 숭상을 비천하게 생각하고 도덕과 체면과 예의를 최고의 가치관으로 여겼던 유교 사회의 관념 때문일 것이다. 하물며 사농공상이라 해서 상업하는 사람을 가장 비천하게 여기던 사회였으니 두 말할 나위가 없다.

게다가 지금의 한국 경제는 한국 전쟁과 경제 개발 5개년 계획을 거친 세대들에서 비롯되었고 그런 산업화 시대의 와중에서 성공한 기업들 혹은 재력가들은 편법과 정경 유착, 부동산 투기로 이룩한 부라는 생각이 인식의 밑바탕에 강하게 깔려 있기 때문이기도 할 것이다. 건전하고 건강한 노력과 경쟁을 통해 이룩한 사회적 부의 축적이 아니라 시대의 혼란을 틈타 일부 특권층들이 정치 세력이나 사회적 혼란기의 틈새를 이용해 불법적으로 축적한 부가 지금의 부유층을 만든 밑바탕이라는 생각은 여전히 유효하게 작용하고 있는 듯하다. 대부분의 사회 구성원들의 인식의 저변에 그런 부정적인 관념들이 자리 잡고 있는 한, 한 사람의 성공한 기업인이 존경받는 사회의 도래는 쉽지 않아 보이는 게 현실이다.

물론 우리나라에도 자신이 평생 기업을 키우고 그 성공한 기업으로 모은 재산을 사회에 환원하는 기업인이 있어 온 국민의 존경을 받는 경우도 있지만 대부분의 기업인들이 그런 존경을 받지는 않는다. 정권이 바뀔 때마다 기업의 비리는 들춰지고 기업인들은 처벌을 받거나 아니면 제 아무리 큰 규모의 기업이라 할지라도 사상누각처럼 허물어져 버리기 일쑤이다. 기업의 운명이 그 기업 자체의 수익 창출 능력과 국가와 사회의 공헌도, 즉 어떤 환경의 변화가 와도 무너지지 않는 기업의 자생력이 근간이 되는 게 아니라 정권의 부침에 따라 기업의 생명이 좌우되는 것은 정당하고 건강한 기업 환경이 자리 잡지 못했다는 현실이 드러내는 직접적인 결과이다.

물론 이는 기업인의 기업관과 가치관 부재, 기업의 현재와 미래를 직시하고 통찰하는 현실 인식의 문제이기도 하겠지만 제 아무리 건전하고 온건한 기업관과 가치관을 가졌다고 해도 현실의 기업 환경이 불안하기 그지없다면 아무런 비전도 갖지 못하기 마련이다. 그럴 경우 한 기업의 기업관은 흔들리고 정권과 행정 당국의 눈치를 볼 수밖에 없다. 당국의 움직임에 따라, 행정의 변동에 따라 휘둘리는 기업이 국민과 사회의 존경을 받는 건전한 기업이 될 수 없는 것이 자명한 현실이고 보면 한 기업의 성공이 긍정적인 시각보다 부정적인 시각으로 인식되는 건 당연지사이다.

유럽 출장을 갈 때마다 피부로 실감하는 기업의 현실은 우리의 그

것과는 사뭇 다르다. 유럽은 일찍이 조세 제도의 발달로 인해 기업 활동으로 인한 수익은 한 국가의 복지 정책에 기여돼 재생산된다.

다시 말해서 하나의 기업이 일정의 수익을 창출하면 그 수익의 일부는 공정한 조세 정책에 의해 국가에 귀속되어 국가와 국민의 생활 수준을 향상시키는 역할을 한다. 한 기업의 수익에서 국가에 귀속되는 조세의 비율이 가혹하리만큼 높은 게 사실이어서 더러 타국가의 기업인들로부터 유럽에서의 기업 활동은 힘들다는 푸념이 나오기도 한다. 그러나 하나의 기업이나 한 사람의 개인이 납부한 세액은 또한 고스란히 세금을 납부한 당해자의 복지로 되돌아오기 때문에 높은 비율의 조세 정책에 저항하는 일은 거의 없다고 한다. 수익액에 관한 조세의 비율은 높으나 그 조세의 비율만큼 자신의 노후나 복지 지원의 형태로 되돌아오기 때문이다. 그러므로 시장 경제 체제가 필연적으로 가질 수밖에 없는 빈부 격차의 문제는 그만큼 줄어들게 되고 그로 인한 사회적 갈등 또한 희석된다.

성공한 기업과 기업인은 한 국가의 구성원들로부터 사회적인 인정과 존경을 받게 되는 일이 자연스러운 전통으로 이어져 오는 건 기업의 사회 활동을 존중하는 유럽 국가들 특유의 열린 세계관에서 비롯된 것이기도 하거니와 정권의 변동이나 행정 당국의 권위에 휘둘리지 않는 건강하고 합리적인 기업 환경 때문이기도 하다. 건강한 국가의 건강한 정치적 발전은 다시 건강한 기업 환경을 낳는다.

건강한 기업 환경은 건강한 기업을 육성하고 발전시키는 거름이자 윤활유이며 이는 다시 수준 높은 복지 국가의 완성에 기여한다. 부자가 존경받는 사회란 다름아닌 건전한 국가의 발전과 육성에서 비롯되는 것이다. 기업의 발전은 국가의 발전, 국민 생활 수준의 향상과 밀접하게 연관되어 있음은 두 말할 나위가 없다.

부자가 존경받는 사회란 빈부 격차로 인한 계층 간의 갈등과 괴리가 적은 사회를 말한다. 가진 자와 못 가진 자, 세대와 젠더를 구분하지 않고 두루 원만하게 인정하고 인정받는 사회, 부정부패와 부정적인 인식과 위화감이 사라지는 사회를 언젠가는 우리의 미래 세대들이 이룰 것이라는 희망을 여전히 놓지 말아야 할 것이다.

맞춤형 아시아 의료관광 허브로의 도약

맞춤 암 치료가 가능하고 최고의 완치율을 자랑하는 '꿈의 암 치료기' 중입자 가속기를 갖추게 될 동남권 원자력 의학원에 거는 기대는 국민 보건을 책임지고 있는 한 제약 기업의 경영인이자 최대 수혜자인 국민의 한 사람으로서 그 기대는 매우 크다고 할 수 있다.

고대 문명의 시작에서 현대에 이르기까지 변하지 않는 인간의 소원은 무병장수이지 않을까 하는 생각을 해 본다. 인간의 이러한 욕구는 최근에는 자신과 가족의 '삶의 질' 또한 향상시키고 싶어 하는 개별 의료를 선호하게 됨에 따라 소위 '인간 중심의 맞춤형 의료'라는 신조어가 탄생되기에 이르렀고, IT · 진단 예측 및 예방 치료 기술의 눈부신 발전과 맞물려 '인간 중심의 맞춤형 예방 의학'의 중요성이 더욱 더 중요시되고 있는 시점에서 최상의 의료 서비스를 받고자 하는 환자들의 욕구를 충족시키기 위해서는 동남권 원자력 의학원에 중입자 가속기의 설치가 제일 우선 과제라 할 것이다.

부산을 필두로 동남권역의 경제를 활성화시키면서 동시에 대한민국의 신 성장 동력 산업으로 육성시키기 위한 프로젝트의 중추 기관으로서 동남권 원자력 의학원을 선정한 후, 부산에 유치하기 위해 민·관·정은 물론 부산과학기술협의회 등 뜻 있는 많은 분들의 전폭적인 성원으로 오늘에 이르렀다고 생각된다. 2009년 12월 개원 예정인 동남권 원자력 의학원에 거는 또 다른 기대는 '의료관광 허브' 기관으로서도 중추적 역할을 담당해 줄 것으로 기대하며 이를 위한 특화된 차별화 전략을 세워 나가야 할 때라고 생각한다.

부산 발전 연구원의 2005년도 자료에 의하면, 부산의 육성 산업에 대해 전문가를 대상으로 설문조사한 결과 관광 컨벤션 산업, 기계부품, 영상 문화 순으로 조사되었으며 이러한 조사 결과를 토대로 부산을 바이오·의료·관광 산업으로 거점화시키겠다는 '부산 발전 2020 비전'이 제시됨으로써 '부산 의료 관광산업 마스터 플랜'을 수립하게 된 동기가 되었을 것으로 생각된다.

현재 국제적 수준의 의료관광 산업을 '동남권 의료 서비스 허브' 또는 '아시아 의료 서비스 허브' 산업으로 육성시키기 위한 주변 경쟁국들의 성공 사례가 알려지면서 뒤늦게 국내에서도 의료관광 산업에 대한 경쟁이 치열해지고 있는 것 또한 사실이다. 이러한 성장 잠재력에 힘입어 2007년 4월 국내 최초로 의료 관광 전문가 교육원이 개원되기도 하였지만, 최근의 보도 자료에 따르면 우리 국민이 해외 의료 기관을 이용한 금액이 올해 1,000억 원을 넘을 것으로 전망되는 등 국내 의료 기관의 해외 환자 유치2005년 기준 국내 의료기관의 해외 환자 10만 7,000여 명 가운데 99% 이상이 국내 거주 외국인 노동자였다는 자료도 있었음를 통한 의료 관광 현황은 미미한 수준이라고 볼 수밖에 없다.

또한 의료 관광객은 한 사람당 수백만 원에서 수천만 원까지 지출하며 체재 기간도 일반 관광객에 비해 두 배 가까이 되는 등 관광산업의 구조 고도화를 이끌면서 고부가 가치 신시장을 창출할 수 있음에도 불구하고 국내 여건은 주변 경쟁국에 비해 개선을 필요로 하는 현안들이 많이 남아 있다.

역설적인 표현일 수도 있겠지만 바로 지금이야말로 중입자 가속기를 구비한 동남권 원자력 의학원이 '동북아 의료 서비스 허브' 기관 역할을 해낼 수 있는 절호의 찬스라고 생각된다. 국내 의료 서비스 산업의 활성화 방안으로 제기된 각종 현안들법과 제도적 측면, 정부의 지원, 병원 경영 능력, 의료 수준의 국제적 인증 등에 대해서는 이미 각계각층의 노력으로 점차적으로 개선되고 있으며 이런 환경을 발판으로 삼아 의료와 관광을 연계시킬 수 있는, 즉 집중화될 수 있는 관광

자원, 동남권 네트워크, 기반 시설, 지역 브랜드의 해외 인지도 측면에서 강점을 가지고 있는 부산·동남권을 장점으로 살리면서 해외 환자를 적극 유치하기 위한 실행 전략을 세워 나간다면 분명 '아시아 의료관광 허브'의 중심으로 발전해 나갈 수 있을 것으로 기대된다.

더불어 치료 의학뿐만 아니라 맞춤형 예방 의학의 실현을 위해 그리고 주변 경쟁국과 차별성을 꾀할 수 있는 방법의 일환으로, 동남권 원자력 의학원의 기관 고유 사업과 더불어 셀 뱅크, 세포 치료와 예방 등과 연계시키면 해외 환자 유치에 따른 수익을 더욱 극대화시킬 수 있을 것이라고 생각된다. 또한 의료와 관광을 연계시키는 데 있어서 각 국가별 관광객의 관광 루트 등을 면밀히 검토한다면 '각 국가별 개별 맞춤형 의료, 맞춤형 관광 패키지 상품'을 만들어 브랜드화시키는 전략도 고려해 볼 수 있을 것이다.

일본 환자들을 유치하고자 하는 경우 (1)암 검진-자신의 건강한 세포 보관-신라·가야 문화 유적지 탐방 상품 (2)방사선 치료-암 재발에 대비한 세포 보관-암 재발시 세포 치료-요양-신라·가야 문화 유적지 탐방 상품 (3)선택 사양으로서 김해 국제 공항 또는 국제 여객 터미널과 연계시키는 원스톱 체제로의 운영.

보다 적극적인 차별화 전략을 통해 '아시아 의료관광 허브' 산업을 누가 먼저 선점할 것인가라는 기본적인 원칙에만 머물지 말고 위에서 열거한 패키지 상품 자체를 브랜드화해 나가면서 국내 타 광역권을 하나로 묶어 아시아 시장뿐만 아니라 전 세계 시장을 겨냥하는 블루오션 전략을 세워 나간다면 대한민국을 세계 최고의 '의료관광' 국가로 발전시킬 수 있을 것이다.

빈한한 시대의 낭만

빈곤한 시절이라고 해서 낭만이 없으리라는 법은 없다. 오히려 빈곤한 시절이었으므로 낭만은 더 짙은 향기를 가진 향수鄕愁로 남아 있다. 4·19 혁명과 5·16 군사정변이 일어났던 1960년대, 강 건너에서 들려오는 대포 소리와 연기가 자욱했지만 그것들이 피끓는 젊음의 낭만을 모두 앗아가지는 못했다. 서울대는 법대, 건국대는 축산대, 연대는 의대, 고대는 상대, 중앙대는 약대가 최고라는 자부심 속에 대구 촌놈의 서울에서의 하숙 생활은 시작되었다.

좁은 방에 두 사람이 거주하는 하숙집 동네에서 경상도 출신의 중앙대 약대 학생이라면 왠지 인기가 좋았다. 약삭빠른 서울사람보다는 무뚝뚝하고 어리숙하지만 인정 있고 의리가 있는 게 경상도 사람이라는 인식이 은연중에 번져있던 탓이었다. 하지만 음식은 형편 없었는데 밥상에 오르는 김이 그나마 제일 좋은 반찬이었고 어쩌다 된장국에 돼지고기 몇 점이라도 들었다치면 대여섯 명의 하숙생들이 서로 건지겠다며 숟가락을 들고 경쟁하던 시절이었다. 학생들은 너나없이 자주 하숙집을 옮기곤 했는데 이유인즉 생일상 때문이었다. 처음 이사를 가면 우선 생일이 며칠인지부터 알리는데, 생일상에 오르는 소고기국을 먹기 위해서였다. 그렇게 하숙집을 옮기다 보면 운이 좋을 땐 생일상을 일 년에 서너 번씩 받을 수도 있었다.

마누라 없인 살아도 장화 없인 못 산다는 말들을 하곤 하던 흑석동은 비가 오면 온동네가 진창이 되곤 했다. 학교 바로 앞에 판자집, 기와집이 뒤섞인 하숙촌이 있었고 거기서 가까운 재래 시장이던 흑석시장에 학생들의 아지트가 있었다. 1층 음식점의 다락에 위치한 탓에 기어올라가야 했던 막걸리집. 거기서 너나없이 막걸리를 마셔대곤 했다. 좁은 계단을 기어서 다락으로 올라가면 주모는 묵과 두부 따위의 안주와 함께 큰 항아리에 막걸리를 가득 담아서 올려 주었는데, 화장실을 들락거려야 하는 불편함을 덜기 위해서 요강도 함께 올려주었다. 대략 4명이서 막걸리가 담긴 큰 항아리 두 개를 비우고 나면 언제나 요강에도 오줌이 가득 차곤 했다. 그렇게 앉아서 우리는 개똥철학에 관해, 시대에 관해, 꿈과 미래에 관해 토론하고 이야기를 나누면서 엉덩이에 못이 박히도록 죽치고 앉아 막걸리를 마셔대곤 했다.
막걸리집 주모들은 예쁘지는 않았지만 정이 많았다. 돈이 없는 학생들을 위해서 책도 맡고 시계도 맡아 주면서 막걸리를 주었다. 그런 주모들과 종종 연애 사건을 일으키는 친구들도 있었다. 그래서 되겠냐고 진지하게 말려 보기도 했지만 연애를 말리기엔 늘 역부족이었다. 내가 좋다는데 우짜겠노.

연애에 관한 한 누구도 말릴 수 없는 열정이 넘쳐 흐르던 시절이니 담배 또한 빠질 수 없었다. 당시 10원하던 재건 담배와 아리랑 담배는 필터가 없었으므로 우리는 담배를 가위로 잘라 파이프에 꽂아서 피웠다. 그런 담배나마 살 수 없는 날엔 꽁초를 주워 피기도 했는데 고등학교 때 담배를 피울 줄 몰랐던 나는 왠지 담배 피는 일이 멋스러워 줄담배를 피웠다.

막걸리를 마시며 술상을 두드리는 젓가락 장단과 함께 부르던 노래는 최희준의 〈하숙생〉, 남일해의 〈빨간 구두 아가씨〉, 한명숙의 〈노란 셔츠 입은 사나이〉, 김상희의 〈대머리 총각〉이었는데 당시 가수 김상희는 고려대 출신이라 인텔리 가수라는 칭호를 얻고 있었다. 〈벤허〉〈남태평양〉 같은 영화가 극장에서 상영되고 있었고 영화 배우 김승호가 출연한 영화 〈마부〉가 한국 영화로는 최초로 베를린 영화제에서 수상할 당시였으며 김지미, 조미령, 엄앵란이 뭇 청춘들의 히로인이던 시절이었다.

진로소주가 처음 나왔을 때였지만 대학가의 주종은 막걸리였다.

고향의 부모님에게서 열 권의 책값을 송금 받으면 한 권은 책을 사고 나머지 아홉 권의 책값은 막걸리 값으로 나가던 때, 영양 부족으로 다들 몸이 부실하던 그때에 그나마 막걸리는 나쁘지 않은 술이었다. 언젠가 중국집에서 빼갈을 마시고는 그 독주의 취기를 이기지 못해 상도동으로 넘어가는 산고개에 누워 하루종일 잔 적도 있었지만 그 궁핍한 시절에는 그조차도 멋이었고 낭만이었다. 그렇게 거의 날마다 술을 마셨고 시험 기간에도 개의치 않고 또 마셔대면서 대학 시절의 젊음을 과시하였기 때문에 너나없이 위하수 같은 위장병에 걸려 고생하던 시절이기도 했다. 하지만 머리가 좋은 친구들은 밤새도록 술을 마시고도 늘 좋은 성적을 유지하는 걸 신기해하던 시절이기도 했다.

5 · 16 군사정변에 반대하는 데모를 하는 학생들이 많았지만 학교에서는 데모에 동참하지 못하도록 완강하게 만류하곤 했다. 시대의 흐름에 동참하지 못하고 공부만 하고 있는 우리들은 서로를 꽁생원들이라 부르며 자기 비하와 자기 연민을 감추지 못했지만 친구들 간의 우정은 돈독했다. 서울로 유학 보낸 자식들을 걱정하는 부모님의 마음과 그런 기대에 부응해야 하는 미래를 생각하며 데모에 참여하지 못하는 혼란스러운 마음과 열패감을 우리는 술을 마시면서 애써 달래려 했다.

하지만 그럼에도 불구하고 데모에 참여하는 친구들도 있었는데,

제주도에서 올라온 친구 하나는 4·19 의거 때 내무부 앞의 데모 행렬에 있다가 옆의 친구가 군인들의 발포로 인해 즉사하는 걸 보고는 혼이 빠져 그 자리에서 흑석동까지 뛰어 하숙집으로 돌아온 적도 있었다. 거의 정신이 나간 상태에서 얼마나 뛰었는지 그 친구가 하숙집으로 돌아왔을 때는 신발의 윗부분만 있고 밑창은 닳아 없어진 상태였다.

그 일을 겪은 후 그 친구는 몇 날 며칠을 충격 상태에서 헤어나지 못하고 자리에 누워 헛소리를 해대며 앓았었다. 그런 시대의 한가운데를 관통하는 시기였지만 시대의 질곡조차도 피가 뜨거운 젊은 이들이 가진 삶과 미래에의 열정을 막지는 못했다. 가난의 극복이 전 국가적 과제였고 빈곤 타파가 삶의 목표이던 시대였지만 돌이켜 보면 시대의 그런 험난함이 우리 세대를 더 강하고 끈기있게 만들기도 했다는 걸 이해한다. 그 시대에 우리가 누렸던 그런 보잘 것 없는 에피소드들이 지금은 짙은 향수를 가진 낭만이 되어 생생하게 나의 기억 속에도 남아 있다.

성격과 운명

"**성**격이 곧 운명이다"라는 경구는 〈테스〉로 유명한 19세기 영국 소설가 토마스 하디의 말이다. 지금도 그렇지만 나는 어쩐지 어린 시절부터 이 말에 공감하고 있었던 듯하다. 아마도 인격 형성이 본격적으로 시작되던 중·고등학교 시절부터 나는 나의 기질이 아버지를 닮아 있다는 것을 어렴풋하게나마 인식하고 있었다. 호방하고 담대한 성격에 체육에 소질이 있었던 아버지의 성격은 알게 모르게 나의 성격에 영향을 끼쳤을 것이며 그런 영향은 선천적으로 물려받은 기질과 더해져 조금씩 조금씩 내 어린 자아의 거울이 되지 않았을까.

국민학교초등학교 때부터 나는 키가 작았지만 작고 왜소한 체격으로 인한 콤플렉스는 없었다. 늘 나보다 키가 큰 친구들과 어울렸으며 집안의 잘 살고 못살고에 상관 없이 공정하게 사람을 대할 줄 알

앉던 것 같다. 그런 기질은 누가 따로 교육을 시켜 주입한 게 아닌 타고난 성격인 것 같다. 마을 어른들은 흔히 나를 가리켜 "작고 왜소한 놈이어서 눈빛 하나밖에 볼 게 없다"고 하셨지만 아무도 그런 나를 깔보거나 무시하지 않았으므로 나는 늘 정상적이고 긍정적인 사고방식을 가질 수 있었다.

대학 입시를 위한 수험 공부를 해인사에서 할 때였다. 지금은 거의 고전이 되다시피한 수필집 《무소유》의 저자이신 법정 스님이 그곳에서 수행중이어서 친하게 지낼 수 있었다. 당시 20대 후반이었던 법정 스님은 해인사에서 유일하게 대학을 졸업한 스님이었고 인상은 평범했으나 대단히 활달하고 긍정적인 성격을 가진 분으로 기억된다. 스님께서는 해인사에서 공부하던 학생들과 스스럼없이 어울려 축구를 하기도 하고 학생들을 극장으로 데려가 영화를 보기도 하였으며, 특히 클래식 음악에 조예가 깊어서 대구 시내에 있던 하이마트라는 음악 감상실에 우리를 데려가 주시기도 했다. 스님의 그런 행동들은 당시의 엄격하고 보수적이던 사회 분위기에서는 대단히 파격적인 것이었으나 그는 전혀 거리낌이 없었다. 나는 그분의 그런 면모에 깊은 인상을 받았고 신뢰를 가졌으므로 서울로 대학 진학을 하기 전까지 서신으로 교류를 하기도 했다. 지금 생각해도 대단히 진보적인 사고방식과 자신이 선택한 삶에 대한 긍정적인 자신감으로 가득 차 있던 스님의 모습은 어린 내게 인격과 성격에 관한 많은 생각을 하게 했던 것 같다.

그런가 하면 고시 공부를 위해 해인사에 머물던 청년도 있었다. 동아대를 졸업하고 고시 공부를 하던 그는 그러나 주변의 기대를 저버리고 부모에게 알리지 않은 채 스스로 머리를 깎고 스님으로 출가하고 말았다. 자식의 미래에 희망을 걸고 뒷바라지를 하던 부모가 찾아와 조용한 절간에 쩌렁쩌렁한 울음과 고함을 풀어 놓으며 아우성치던 그 광경은 내게 사람의 운명에 관해 많은 질문을 던져 주었다. 운명이란 이미 타고나면서 결정되는 것일까. 아니면 자신의 의지대로 개척해 쌓아 나가야 하는 것일까에 관한 수많은 질문들을.

해인사에서 나와 친구의 가정교사였던 당시 경북대 의대 학생은 학교를 졸업하고 김천에서 병원을 개업했다. 그는 전형적으로 공부밖에 모르는 모범생이었으나 사회 생활은 그렇지 못했다. 어쩌면 그렇게 공부에 미쳐 공부 밖에 모르는 사람은 학자가 되어야 하지 않았을까. 젊은 시절 전도양양한 수재였던 그는 결혼에도 실패하고 병원 운영에도 적응하지 못한 채 지금은 막노동으로 생계를 유지하고 있다고 들었다. 그렇다면 그는 운명을 거스른 사람일까 혹은 순응한 사람일까. 아니면 자신의 의지와는 상관없이 부모님의 기대에 부응하기 위해 자신의 성격도 미래도 다 포기한 채 시대와 세월에 떠밀린 사람일까.

나는 여전히 운명을 믿는 사람이고 내 마음이 시키는 대로 거스르지 않고 내 운명을 따랐던 것 같다. 약대 진학을 권하는 부모님의 의견에 순순히 따랐지만 약국 운영은 어쩐지 성격에 맞지 않고 성에 차지 않는 것 같아 작은 사업을 시작했으며 그 사업이 실패하자 다시 공무원의 길을 걸었다. 어쩌면 적성에 맞기도 했던 공무원 생활을 아버지의 부도로 인해 계속할 수 없게 되었을 때, 주저하지 않고 사표를 던졌고 제약인으로서의 새로운 삶을 받아들였다.

　내가 가진 가장 큰 재산은 아마도 삶과 세상을 바라보는 긍정적인 자세가 아닐까 한다. 삶에서 어떤 계기가 주어졌을 때, 혹은 급작스러운 환경의 변화가 나를 막다른 곳으로 밀어넣었을 때에도 스스로를 믿고 포기하지 않는 긍정의 힘. 더 큰 세계 더 나은 꿈을 향해 매진할 수 있도록 만든 건 누구의 힘도 조력도 아닌 이 긍정의 힘이라고 믿고 있다. "성격이 곧 운명이다"라는 말이나 "하늘은 스스로를 돕는 자를 돕는다"는 말은 결코 그저 만들어지지 않았음을 절실하게 나는 이해하고 있다.

어느 순수한 풍경

사람들은 누구나 자신의 생애에서 잊혀지지 않는 어떤 풍경 하나를 가지고 있는지, 그 풍경의 인상이 아주 강렬한 것이어서 평생 기억하게 되는 것인지 나는 알지 못한다. 하지만 나의 경우 어릴 때 만난 어떤 풍경 하나가 뇌리에 깊숙하게 새겨져 있음을 안다. 그 풍경은 분주한 일상에서는 기억의 깊숙한 곳에 잠재해 있다가 어떤 상황에선 어김없이 되살아나온다. 나는 심리학자도 아닐 뿐더러 예술가는 더더구나 아니어서 이러한 현상이 왜, 어떻게 일어나는 것인지에 관해서는 이해가 부족하다. 하지만 인간이 살아낸 아주 수많은 시간들 중 어떤 순간은 왜곡되거나 변화하기를 거부한 채 순수한 그 모습 그대로 기억 속에 온전하게 보관되어 있기도 한다는 사실은 알고 있다.

한국 전쟁 전후의 삶은 누구나 상상 가능한 것처럼 참혹했다. 내가 살았던 경북 김천 지역 역시 다른 여느 지역과 한 도 다르지 않은 실정이었음은 두 말할 나위 없다. 아마도 여덟 혹은 아홉 살 그 무렵. 전쟁의 화마가 휩쓸고 간 곳에서 사람들은 너나 할 것 없이 움막을 짓고 살았다. 학교와 가정의 교육 같은 정상적인 생활은 꿈도 꾸지 못한 채 아이와 어른 할 것 없이 모두 생존을 위해 온 가족이 나서던 시절이었다.

서울에서 내려온 기차가 김천역에 머물 동안 내 또래의 아이들 역시 강냉이와 떡 따위 먹을거리를 들고 기차 주변을 부지런히 쏘다니며 그걸 팔아야 했다. 새로운 삶의 터를 찾아 떠나거나 돌아오는 사람들로 가득찬 기차 안은 그야말로 콩나물 시루보다 하나도 나을 게 없었다. 통로와 좌석에 발 디딜 틈 없는 것은 물론 짐을 얹어 두는 시렁에까지 사람들이 모두 차지하고 누워 있었으며 기차 지붕 위 또한 좌석을 마련하지 못한 사람들이 가득 앉아 있었다. 지금처럼 고속 열차라면 꿈도 꾸지 못할 그런 모습이 가능했던 것은 당시의 기차가 가졌던 속도를 여실히 말해 주는 것이리라. 한겨울 칼바람을 맞아가며 기차 지붕 위에 앉아 있던 사람들은 기차가 내뿜는 검은 연기와 터널을 지나며 생겼을 검은 그을음을 온몸에 뒤집어쓴 채였다.

당시의 나와 내 또래 아이들이 그 모습을 보고 늘 웃음을 터트리곤 했다. 삶의 환경이 아무리 고달프고 각박한 시절이었다고 해도 아이들의 마음 속에 깃든 철없는 천진함마저 앗아가지는 못했던 모양이다. 추위와 배고픔에 떨며 남쪽으로 남쪽으로 내려온 사람들에게 우리가 파는 보잘것없는 음식들은 그들에겐 잠시나마 허기를 채워 줄 양식이 될 수 있었을 것이다. 물론 아이들은 당연히 그 허기가 단순한 배고픔이 아닌 전쟁의 절망과 공포, 미래의 삶에 관한 두려움이었을 거라는 건 알지 못했지만 아이들 역시 배고픔이라는 게 얼마나 두려운 것인지 정도는 알고 있었다.

견딜 수 없이 배가 고플 때 아이들은 삼삼오오 모여서 물먹기 내기를 했다. 사발에 맹물을 한 그릇씩 떠서 줄을 세워 놓고는 누가 이 물을 더 많이 먹을 수 있는가를 시험해 보곤 했다. 시합에 이겨봐야 아무 대가가 없는 그런 놀이를 아이들은 배가 불러서 더 이상 물을 먹을 수 없을 때까지 계속하곤 했다.

김천엔 눈이 자주 왔다. 9·18 수복 이후 어느 정도 복구가 되어 가던 김천의 겨울에 눈이 내리는 날은 허술한 입성으로 견딜 수 없을 만큼의 추위가 엄습하곤 했다. 그런 어느 날, 여느 날과 마찬가지로 나름의 하루 일을 끝내고 집으로 돌아가기 위해 들판으로 나서는 순간, 하얗게 눈이 내려 쌓인 들판의 모습을 목격했다. 눈 내린 날의 풍경을 한두 번 본 것도 아닐 터이지만 그날 내가 만난 눈 내린 들판의 풍경은 왠지 특별한 것이어서 나는 얼어붙은 듯 그 자리에 서 있었다. 무엇이, 그 풍경의 어떠한 힘이 나를 붙잡고 놓아 주지 않은 것인지 전혀 알지 못한 채 나는 눈이 내려 쌓인 들판의 그 저수지 가에 오래 서 있었던 것 같다.

찬 기운으로 인해 저수지가 쩡쩡 얼어붙는 소리가 시린 귀 속에서 윙윙거리는 그 느낌을 뭐라고 설명할 수 있을까. 한국 전쟁 전후의 그 신산하고 팍팍한 삶의 현장들을 잠시나마 잊게 해준 희고 깨끗한 눈이라는 자연의 위력에 압도당한 것이었을까? 한낮의 혼란스러운 소음들을 모두 거두고 완전한 고요, 완전한 적막 속에 마악 잠들려는 세상의 모습에 일말의 안도를 느낀 것일까? 평화롭고 또 새삼 경외로 가득 차 있는 순수한 풍경 속에서 희미하나마 삶의 희망을 느꼈던 것은 아니었을까.

오랜 시간이 지나 어른이 된 이후에도 나는 종종 이 저녁의 풍경을 떠올리는 자신을 발견하곤 했다. 이런저런 시행 착오가 잠복해 있는 삶의 여러 고비들을 넘어 제약 회사를 운영하게 되었을 때, 설날이나 추석 같은 명절에 어렵게 직원들의 임금을 해결하고 나서 그들이 가벼운 발걸음으로 삼삼오오 고향으로 떠난 뒤 텅 빈 회사에 홀로 남았을 때의 그 적막감, 고독감으로 양볼에 눈물이 주르르 흘러내릴 때면 온세상을 덮어 고요한 적막감으로 변했던 내 어린 날의 마음을 움직였던 눈이, 그때의 풍경이 다시 나를 찾아오곤 했다.

쓸쓸함이기도 하고 그리움이기도 했으며 희망과 안도, 알 수 없는 먼 미래에 관한 동경 같은 것이기도 했던 어느 시간, 어느 순간의 순수한 풍경. 그 풍경은 아마 나 자신도 모르게 나를 움직이고 나를 다스린 하나의 이미지가 되었으리라 생각된다. 그리고 그 풍경 속에서 여전히 나는 내 속에 살아 있는 여덟 혹은 아홉 살의 나를 다시 만나 확인하곤 한다.

나의 가장 큰 재산

약사로서 지향할 수 있는 최고의 목표는 제약 회사의 경영이다. 제약 회사란 의약품을 처방·조제하는 약국과는 달리 약을 연구하고 생산하는 기업이고, 기업의 경영에는 몇 가지 즐거움이 있다.

첫째는 모든 경영의 최고 목표인 이익 창출이다. 둘째는 창출된 이익을 기업에 투자한 주주들에게 돌려 줄 수 있는 즐거움이 있다. 셋째는 납세의 의무인 세금을 많이 납부할 수 있다는 기업인으로서의 긍지가 있다.

납세란 한 국가의 경제 발전에 이바지함과 더불어 지역 경제의 발전에도 일정 부분 기여할 수 있으며 그리고 이익이 나면 문화 사업, 장학 사업 등 기업의 이익 일부를 사회에 환원할 수 있다는 보람을 가질 수 있다. 의약품의 단순 판매가 아닌 기업, 즉 제약업을 하려는 목적은 위의 목표들을 달성할 수 있기 때문이다.

1984년 11월, 27년의 역사를 가진 한수 이남의 제약 명문인 순천당제약의 인수를 위한 가계약을 하게 되었다. 인수를 위한 실사를 하면서 채권단약 150명 단장과 체결한 계약 내용과는 너무나 차이가 난다는 사실을 알게 되었다. 실제 부채가 100억이 넘었던 것이다.

물론 그 이유는 당시의 부산 경제가 휘청거릴 정도로 크게 난 부도 사건 때문이기도 했다. 공장의 자산 중 일부인 공장 부지와 공장 건물은 법원에 경매를 부친 상태였고 생산을 위한 모든 기계들 또한 차압된 상태라 건질 것이라곤 설비와 제품밖에 없었는데 아무리 후하게 쳐 준다고 해도 2억이 되지 않는 상태였다. 그 2억으로 100억이 넘는 채권액을 가진 사람들과의 협상은 채권단과의 합의 이전에 바로 전쟁이었다. 하지만 가급적 모든 문제를 순리적으로 또 정직한 마음으로 한 사람, 한 사람을 설득한 끝에 마침내 합의에 도달할 수 있었다. 건물을 제외한 시설을 포함한 경영권을 인수할 수 있었으므로 1985년 2월, 2년 가까이 폐허처럼 방치된 공장을 가동키 위해 그때까지 남아 있던 60여 명의 직원들과 같이 생산을 위한 준비에 돌입했다.

1985년 6월 4일은 내 삶에서 가장 잊지 못할 날이다. 기존에 있던 직원들은 경제력도 크게 없는 사람이 회사를 그냥 먹었다고 생각했던지 내게 멱살잡이를 하기도 했다. 하지만 또 일부 직원들은 그나마 폐허가 다된 공장을 인수해 다시 일으키겠다는 나의 의지에 고마움을 표하기도 했으니 그야말로 계속되는 갈등과 혼란의 나날이었다. 그렇게 나의 의지에 동참한 60여 명의 직원들과 마음을 모으고, 약계의 여러 인사들과 내게 도움을 준 친구들과 함께 (주)순천당제약은 제2의 출발을 시작하게 되었다.

워낙 불리한 여건에서 출범한 사업이었으므로 자금력의 부족은 물론, 회사의 큰 거래선이 대부분 부채 관계에 있었기 때문에 그나마 생산된 약품도 외면당하기 일쑤여서 일선 영업직원들의 고통은 아주 컸다. 그 모두가 나의 가슴엔 비수로 꽂히는 것들이었다. 거듭되는 고통과 절망의 순간들을 긍정적인 사고로 이해하고, 진솔한 정으로 설득·실천한 것이 오늘의 나를 있게 한 원동력이라 생각한다.

1980년대부터 제약 업계는 KGMP우수 의약품 생산 기준를 해야 하는 의무 사항이 있었다. 더 나아가 권장의 단계가 아니라 이제는 1990년까지 KGMP를 충족시키지 않으면 공장을 가동할 수 없다는 정부 시행령이 떨어졌다. 하지만 회사의 공장 증설 설비 자금은 전무하고 주주들 역시 냉담한 태도를 보이기는 마찬가지였다. 나 자신 역시 은행과의 관계가 백지 상태나 마찬가지인데다 전신이 부도

난 회사인지라 아직도 채무 관계가 남아 있어 은행 이용은 꿈도 꿀 수 없는 상태였다.

하지만 궁즉통, 궁하면 통한다, 할 수 있다는 마음을 가지자 길이 열리기 시작했다. 기업을 간접 지원하는 중소기업 진흥공단을 찾아 보라는 누군가의 조언이 있어 망설이지 않고 찾아갔다. 진흥공단의 담당자가 말하길 우선 (사)이업종 연합회라는 단체가 있으니 가입하면 많은 도움과 협조가 이루어질 것이라고 했다. 당장 이업종 지회에 가입하고 열심히 참여했다. 그것이 계기가 되어 제19대 이업종 연합회 회장까지 역임하게 되었으니 사람의 일이란 참 알 수 없는 것이다.

1993년 겨울, 진흥공단 본부장이 낚시를 좋아한다는 말을 들었다. 당시 신동우 상무, (주)일산의 하재기 사장과 같이 진흥공단 본부장과 대동, 연화도로 2박 3일의 낚시 원정을 가게 되었다. 말하자면 그건 100여 명의 종업원과 생산 시설, 그 동안 R&D에 투자한 모든 결과물들이 KGMP를 하지 못하면 전부 물거품이 된다는 사실을 본부장에게 전력을 다해 이야기 할 수 있는 기회였다.

나의 진심이 본부장에게 통했는지 본부장의 권한으로 그 당시 10억을 보증하는 보증서를 활용해 보자는 결론이 났고 은행에서 마침내 현금 지원이 시작되어 KGMP의 시설을 곧장 시작할 수 있게 되었다. 총 소요자금 40억 원 중 10억은 충분 조건이었다. 10억만큼 시설해 재담보를 설정, 1994년 8월 드디어 KGMP의 허가를 얻을 수 있었다. 당시 부산의 제약 회사 7~8곳 중 이 조치에 부합하는 회사는 2곳밖에 없었으므로 제약 회사는 2개 밖에 남지 않는 결과가 되었다.

하지만 이런 시설을 하다 보니 회사는 부채 비율이 600~700% 가까이 되어 그야말로 빚더미 회사가 되고 말았다. 그러나 창업 때부터 적어도 한 제품이라도 원료에서 완제품까지 만들 수 있는 주력 제품이 있어야 한다는 일념으로 꾸준히 R&D에 투자한 결과 생균제제 BISCAN의 주원료인 종균을 개발하는 데 성공하였고 이 성공은 대한민국 기술대전에서 동상을 수상하는 결과로 이어져 지방기업으로서는 예외적인 각광을 받게 되었다.

그리고 이 수상은 마침내 코스닥 등록이라는 계기를 마련해 주었다. 2001년 코스닥 등록 이후 일시에 부채가 전혀 없는 꿈에만 그리던 무차입 기업이 되었다. 그 동안의 갖은 고생 끝에 얻은 결과이기는 했지만 이 갑작스러운 기업 환경의 변화는 자신이 감당하기 벅찰만큼 큰 것이었다. 나 자신의 내면 깊숙이 잠재해 있는 가진 자의 교만함, 허영심, 허망한 계획 등 자칫하면 사람의 인성마저도 바꾸어 놓을 수 있는 큰 변혁이었으므로 나 자신 이런 변화된 환경을 극복하기 위해 무던 애를 쓴 기억이 있다.

한편 한국 최초의 세포 치료제 임상 승인을 받기 위해 꾸준히 노력한 R&D 투자는 바이넥스가 21세기 바이오 산업의 대표주자임을 확인하는 결과가 되었다. 2007년 4월, 지식 경제부가 바이오 분야 R&D 지원 자금으로 제일 큰 비중을 두는 Biostar 과제 응모에 서울의 유수 기업인 SK, 한화, 중외제약, 크리스탈리노믹스 등과 경합, 지방 기업으로는 처음으로 당선되어 5년간 100억원의 연구 자금을 지원받게 되자 부산시에서도 무척 자랑스러운 일이라는 치하를 아끼지 않았다.

기업 평생 R&D에 많은 비중을 둔 관계로 상복 또한 동종의 기업보다는 많은 편이었다. 30여 년, 시장 상으로부터 장관, 국무총리, 2번의 대통령 표창에 이어 2008년 10월에는 대한민국 벤처기업 중 최우수 기업으로 선정되어 벤처대상인 동탑산업훈장을 서훈하게 되었다. 이 훈장은 30년 제약 인생의 총 결산이자 나의 인생에 있어 마지막 영광이었다.

90년대에 이르러 사세 확장에 따른 자금 압박이 극에 달했던 적이 있었다. 나는 어떤 일이 있더라도 직원의 봉급만큼은 제 날짜에 지급되어야 한다는 원칙 아래 시행해 왔으나, 어느 하루 회사에 출근해 보니 총무부의 전언인즉 사원들에게 지급할 급여 자금이 없다는 것이었다. 부끄러움과 수치심으로 회사를 돌아서서 나오는 나의 모습이 그렇게 초라해 보일 수가 없었다. 적어도 한 달 급여만이라도 비축할 수 있게 재무 목표를 세우는 일이 그때의 내겐 가장 큰 희망이었다.

세상의 모든 사람들이 누구나 다 자신의 삶에서 겪는 것처럼 나 또한 한 사람의 기업인으로서 미처 다 말하지 못할 만큼의 크고 작은 희로애락을 겪으면서 오늘에 이르렀다. 희망과 절망 사이를 위태롭게 오르내리면서도 결코 포기하지 않고 오늘에 이를 수 있었던 가장 큰 원동력은 언제나 긍정적인 마음으로 매사를 정직하고 성실하게 대처하고 실천한 탓이 아닐까 생각해본다.

세상의 모든 사람들과 기업들이 모두 다 절망의 순간들을 거쳐 성공에 이르지는 않는다. 하지만 지금 이 순간도 전쟁과 다름없는 경쟁의 한복판에 서 있는 기업과 기업인들에게 나는 진심으로 결코 포기하지 않는 긍정적인 자신감을 되새겨보라고 말해 주고 싶다. 내가 가진 재산은 오직 긍정적인 마음자세 하나, 그것뿐이었다고.

아버지의 이름으로

한 사람의 삶에 관해, 한 개인의 삶의 궤적과 그에 따른 수많은 삶의 시간들에 관해 누구도 한마디로 요약해 설명할 수는 없다. 인간은 개체 그 자체가 하나의 우주라고 하지 않던가. 그 우주에 어떤 꽃이 피고 어떤 비가 내리며 어떤 바람이 찾아오고 떠나는지에 관해는 오직 자신밖에 알지 못한다. 그게 설사 부모 자식, 아내와 남편 사이라고 할지라도 마찬가지다. 우리는 단지 한 사람의 인간이라는 하나의 우주에 관해 그 겉모습, 외형만을 알 수 있을 뿐이다. 그 사람의 직업 혹은 성격, 생전에 이루어 놓은 업적 혹은 그 사람과 관련되어 떠오르는 몇 가지의 인상적인 기억, 그런 것만으로 추억하고 회상할 수 있을 뿐이다.

나의 아버지 이상출은 어떤 분이셨는가에 관해 회상하고 말하고자 하는 건 바로 나 자신은 어떤 사람인가에 관해 말하는 것과 같다.

부모라는 혈육, 즉 피와 살을 나누어 준 분이면서 그분의 아들인 나 자신에게 수치로 환산할 수 없는 수많은 영향을 물려 준 분이기도 하므로.

아버지는 일제 시대 동경의 철도 전문학교에서 수학한 후 신주쿠에서 철도 공무원으로 근무하셨다. 당시에 일본 유학을 하고 또 한국인의 신분으로 일본의 철도 공무원을 하신 걸 보면 당시 내 아버지가 가졌던 집안의 경제력이나 아버지 자신의 성격, 학업의 성취도 등을 어렴풋하게나마 미루어 짐작할 수 있다.

해방 후 한국으로 건너와 이런저런 사업을 하며 빈한하고 신산한 시대에 가족의 생계를 위해 애쓰셨을 아버지에 관한 구체적인 기억은 내게 그리 많이 남아 있지 않다. 당시엔 내가 유소년이었을 때이기도 하려니와 가족들이 살았던 김천을 떠나 어머니와 함께 대구에서 사업을 하셨던 연유도 있다. 그때나 지금이나 변함없는 부모의 지극한 자식 사랑은 아버지도 예외는 아니어서 아버지는 내게 반드시 약대에 진학하기를 권하시고 원하셨다.

당시의 내 꿈은 화가가 되는 것이었는데, 어머니의 가계 쪽에 동경 유학을 한 화가 한 분어머니의 오빠이 계셨다고 했다. 예술가들이 거개 그렇듯 그분도 가족의 생계나 안위 같은 현실적인 문제엔 별 관심을 기울이지 않고 오로지 자신의 예술 세계에만 빠져 있는 분이셨다고 하니 주위에서 그분을 인식하는 시각이 어떠했을지는 충분히 미루어 짐작을 할 수 있는 분위기였다.

하지만 그럼에도 불구하고 어머니는 나의 꿈을 반대하지 않으셨다. 그런 연유가 있기도 하거니와 아버지는 일본 생활에서 체득한 당신 나름의 가치관, 즉 전쟁이 끝난 후 급변하는 세상을 읽고 예견하는 능력을 자주 자식들에게 설명하고 설득시키려 하셨다. 일제 시대의 약사 제도인 당시의 약종상은 해방 후 과도기의 여러 제도적 혼란기를 틈타 나름의 이득을 챙기고 있었고 이 약종상 제도가 새로운 시대에 새로운 제도와 직업이 될 거라는 걸 아버지는 간파하신 듯했다.

그런 아버지의 권유반 강권반으로 나는 약대에 진학했고 그 후 평생 한 길을 걷고 있다. 그러니 아버지를 기억하고 회상하는 나의 내면에 아버지와 나 사이의 끊을 수 없는 어떤 끈이 늘 팽팽하게 연결되어 있음은 지극히 당연한 일이다.

당대에 와서 가부장제는 비판 받아 마땅한 악습 쯤으로 치부되고 있었다. 물론 여권 신장론자, 이른바 페미니즘을 주장하는 사람들의 이론에도 충분한 근거와 설득력은 있다. 남성 위주의 사회에서 억압받으면서 자신에 관한 모든 경제적, 정신적 권리를 제대로 주장하지 못하고 살아온 어머니 혹은 할머니 세대와 그 세대의 잘못

된 제도의 오류를 지적하는 당대의 시각에 누구도 쉽사리 반박하지 못할 만큼의 정당성이 부여되는 건 일견 환영할 만한 일이기도 하다는 게 나의 생각이다.

하지만 엄격한 가부장제의 힘으로 견뎌온 고난의 세월 또한 폄하되지 않았으면 하는 생각도 갖고 있다. 일제와 한국 전쟁이라는 한 국가의 중차대한 역사적 역경을 견디고 또 지탱해 온 건 다름아닌 가부장제의 엄격함이며 그 엄격함 속에 자신을 희생해 온 이 땅의 모든 아버지라는 이름들을 존중하고 기억해야 할 의무와 책임 또한 우리에게 있을 터이므로.

나의 아버지 또한 당시의 어느 아버지 못지 않은 엄격한 가부장의 면모를 지니고 계셨다. 아니 엄격한 권위로 무장한 가부장의 전형으로 불려도 손색이 없을 정도였다. 한국 전쟁 후의 김천을 떠나 대구에서 운수 사업을 하신 아버지의 사업은 나날이 그 규모가 커져 갔다. 하지만 당시의 사회적 분위기 또한 갖가지 정치적 변수로 인한 사회적 불안으로 인해 한 사람의 개인이 안정적으로 사업을 꾸려 나가기에는 결코 만만치 않은 경제적 토대를 갖고 있었다.

번창하던 아버지의 사업은 어느 날 부도를 맞게 되었고 부도난 사업의 모든 뒤처리를 내게 맡긴 채 아버지는 사업 일선에서 물러나 있어야 했다. 당시 경북도청의 공무원 신분이던 나와 대구에서 약국을 경영하던 아내에게도 어김없이 그 영향은 밀어닥쳤고 이 사건은 또한 내가 제약업에 뛰어들게 만든 일대 전환점이 되기도 했으니, 아버지의 삶과 나의 삶은 영향력의 여부를 떠나 어쩌면 한 줄로 묶여 있는 공동의 운명과도 진배 없었다. 지금 돌이켜보면 그건 혈육과 가족이라는 이름의 공동체가 가지는 빛과 어둠의 한 단면, 아니 전부라고 할 수도 있을 듯하다.

건장한 체격에 운동 신경 또한 남달랐던 아버지는 51세에 일어난 사업체의 부도 이후 더 이상 직업을 가지지 않으셨다. 대신 아들인 나와 약국을 운영하는 며느리의 조언자 혹은 깐깐한 감시자 역할을 자청하셨다. 부도가 난 일 년 후 대구에서 부산으로 내려온 아버지와 나의 가족은 동래구 명륜동의 약국 점포가 딸린 집에서 힘들게 새로운 생활을 시작했다. 하지만 아버지의 엄격한 가부장적 품성은 여전하셔서 집안의 모든 수입과 지출은 아버지께 보고하고 결제를 받아야 했다. 아내가 운영하는 약국의 하루 수입은 무슨 일이 있어도 약국 문을 닫은 후 아버지께 하루의 수익을 보고하고 난 후에야 잠자리에 들 수 있었고, 나의 월급 또한 수입과 지출 모두 아버지의 관리하에 있었다.

어려운 시기를 살아 온 사람 특유의 절약 정신을 몸소 실천하시며 아버지는 늘 나를 비롯한 가족들에게도 이런 절약근검을 강조하셨는데, 나는 아버지와 조금 다른 견해를 갖고 있어서 종종 논쟁을 벌이곤 했다. "절약이 재화를 창조한다"는 믿음을 평생 몸소 실천해 오신 아버지의 지론에 맞서 나는 "절약이 만사가 아니다. 투자를 할 만한 곳엔 거침없이 담대하게 투자를 해야 그 이익을 만나게 되는 법이다"는 견해로 맞서곤 했다. 아버지께서는 끝까지 나의 일에 관여하시고 조언과 충고의 끈을 놓지 않으셨지만 당신 말년에 와서야 비로소 "너의 지론이 맞았다"는 소견을 피력하셨다. 물론 나는 당신께서 남겨 놓았던 부채를 다 갚아냈고 당신은 회혼식을 거쳐 향년 91세 천수를 누리셨으니 그렇게 말씀하셨을 수도 있었겠지만, 어쩌면 세상의 변화를 읽어내는 감각이 남달랐던 분이었으므로 나의 의견을 인정한다는 건 세상의 변화를 인정한다는 암묵적 동의도 있었으리라.

세상의 어느 아버지가 제 가족의 안위를 위해 자신의 모든 것을 바치치 않으랴마는 세상의 한갓진 구석에서 묵묵히 제 할 일을 다 하면서도 자신의 권리에는 아랑곳 없이 자신에게 주어진 의무만을 다하는 아버지의 모습이 경박한 세태, 영악한 세대들에게 감동으로 다가오는 건 어쩌면 당연한 일이다. 세상의 모든 아들들은 아마도 어쩔 수 없이 아버지를 닮아갈 것이다.

나 역시 아버지 세대가 겪어 온 시행착오들, 아버지 세대가 피할 수 없었던 실수들을 교훈삼아 더 나은 아버지가 되기 위해 부단히 노력을 해 왔지만 자신도 모르는 사이 어느 순간 내가 아버지를 닮아 있다는 자각을 하게 되고 만다. 그럴 경우 일정 부분의 곤혹과 일정 부분의 안도의 감정을 동시에 느끼는 이율배반적 감정은 피할 수 없는 것이다. 세상 모든 아버지라는 이름은 지극히 작고 평범하고 이기적이지만 그런 사소한 힘들이 가족을 일으켜 세우고 세상을 바로 세운다. 그런 의미에서 아버지라는 이름은 세상 누구에게나 똑같은 무게, 똑같은 의미를 지니게 됨을 이제는 알겠다.

제 3 부

아름답고 화려한 생(麗生)을 위해

사람에게 사람만큼 아름다운 존재, 아름다운 재산은 더 이상 없다.
나의 삶에 관한 시간들을 알차고 풍성하게 만들어주신 이 아름다운 분들에게 진심을 담아 감사의 마음을 전하고 싶다.

대학에 특강을 나갈 때마다 늘 강조하는 대목이 있다. "약사들이여 더 큰 꿈을 가져라"하는 것이다.

대학을 졸업하고 약사 면허증을 취득한 후 약국을 개업하면 먹고 사는 일에는 큰 걱정이 없다. 말하자면 약사 면허증은 무난하게 일상 생활을 영위할 수 있는 무기인 셈이다. 하지만 그 무기가 때로는 독약이 될 수도 있다. 약사 면허증이 가져다 주는 그리 힘들지 않은 일상 생활에 안주하다 보면 더 큰 미래로의 꿈은 퇴색하기 마련인 것이다. 의사나 약사 면허증은 일반적인 개념으로 병원을 개업하거나 약국을 개업하기 위한 면허증만은 아니라는 게 나의 생각이다.

현재 미래 산업의 선두주자격인 생명공학은 60% 정도가 의약품이다. 그러니 생명공학 분야에서 약사 면허증은 꼭 필요한 것임에도 불구하고 약사 면허증을 가진 인재들이 모자라 쩔쩔 매는 게 현실이다. 그런 현실은 화학 분야에도 마찬가지일 뿐만 아니라 약학대에도 약사 교수진은 흔치 않은 실정이니 대부분의 약사 면허증 소지자들은 생명공학이라는 첨단산업 분야에 도전해 자신의 능력을 마음껏 꽃 피우지 못하는 실정이다. 약사 출신으로 제약 회사를 운영해 온 나의 입장에서 본다면 안타깝지 않을 수 없다.

나의 경우 약사 면허증에 연연하지 않았기 때문에 더 큰 분야에서 꿈을 이룰 수 있었으니 말이다. 그런 안타까움이 나를 대학의 특강마다 약사 면허증의 무궁무진한 가능성에 관해 역설하게 한다. 약사들이여, 또 다른 분야에도 눈을 돌려서 새롭고 무궁무진한 가능성이 존재하는 세계를 개척하는 꿈을 가져 보라고.

2008년 11월. (주)바이넥스는 정부가 주관하는 벤처기업대상 Venture Korea 시상식에서 전체 산업 분야 중 최고 영예인 '동탑산업훈장'을 서훈 받는 영광을 누리게 되었다. 그러다보니 신문과 텔레비전 등 이러저러한 매체에서 많은 인터뷰를 갖게 되었고 그런 인터뷰가 진행되면 나는 늘 대학 특강에서 강조해 왔듯이 약사 면허증의 다양한 가능성들을 역설해 왔다.

그런데 문제가 발생했다. 지역 신문인 〈부산일보〉와 가졌던 인터뷰가 지면에 실리면서 일부 약사들이 반발을 표시한 것이다. 이해를 돕기 위해 2008년 11월 4일자 18면에 실린 인터뷰의 전문을 공개한다. 아래는 그 기사의 전문이다.

주목, 이 사람

(주)바이넥스 이백천 회장 세계 특허 세포 치료제 기반 마련, 약사 출신 CEO, 국내 기술 생균 「비스칸」을 만들어 부산을 대표하는 제약 및 바이오 기업인 (주)바이넥스(부산 사하구 장림동) 이백천(66) 회장은 '약사 출신'이라는 고정관념을 깨고 기술 경영인으로 성공한 대표적인 CEO(최고 경영자)다. 1964년 중앙대 약대를 졸업하고 경북도청 의약과에서 근무한 그는 '약국'에는 관심이 없었다.

"약사로서 약국만 차려서 이익만 추구하다 보면 남이 잘하는 것을 그대로 따라하는 것밖에는 안 된다는 생각을 했죠. 그래서 직접 회사를 경영해야겠다고 생각했습니다."

부산의 유니온 제약에서 8년간 CEO로 근무하던 그는 1985년 절호의 기회를 맞았다. 당시 전국에서도 앞서 가는 제약 기술로 이름을 날리던 부산의 '순천당제약'이 부도 사태를 맞은 것이다. 그는 '우리 기술로 제품을 만들 수 있는 기회'라고 생각하고 순천당제약을 전격 인수했다. 당시에는 국내에서 생균을 만드는 제약 회사가 없어 정장제 등 모든 관련 제품을 로열티를 주고 일본에서 수입하는 실정이었다.

"당시에 생균을 만드는 것은 지역에서는 꿈도 못 꾸는 일이라고 생각들 했습니다. 그래서 더욱 더 도전하고 싶었죠."

1990년, 이 회장은 50을 바라보는 나이에 경성대 박사 학위 과정에 도전했다. 목표는 단 하나, 국내 기술로 생균을 만들겠다는 것이었다. 식품공학 대학원 과정을 밟으면서 많은 교수들에게 자문했고 자신보다 젊은 학도들에게서 최신 정보를 얻는 것도 주저하지 않았다.

그는 결국 「비스칸」이라는 이름의 생균 정장제를 자체 기술로 만드는 데 성공했다. 이 제품을 대한민국 기술 대전에 출품해 동상을 타면서 유명해진 그의 회사는 벤처기업으로 등록하고 '㈜바이넥스'로 명칭을 바꾼 뒤 2001년 코스닥에 성공적으로 상장하게 됐다.

「비스칸」은 현재도 매년 매출액 30억 원 이상을 안겨 주는 ㈜바이넥스의 효자 상품이지만 그는 여기에 만족할 수 없었다. 이 회장은 세계 특허를 갖는 세포 치료제를 만들고자 했다. 생균을 개발한 것도 바로 생명공학 분야의 기초를 쌓기 위함이었다. 이 회장은 암 치료 과정에서 고통받는 환자들을 그냥 볼 수 없었다고 한다.

"암 치료에는 항암제, 수술, 방사선 등 세 가지 치료 방법이 있지만 후유증 때문에 결국 삶의 질까지 망가지고 말죠. 이것을 없앨 수 있는 방법을 찾고 싶었습니다."

그가 생각해 낸 것은 부작용 없이 자기 자신의 면역 세포를 이용해 암을 치료하는 '암 면역 세포치료' 방법이었다. 건강한 면역 세포를 보관했다가 암에 걸리거나 재발할 경우 몸에 주입시켜 암 세포를 치료한다는 것이다.

㈜바이넥스는 10여년째 이 같은 자기 면역 세포 치료 방법을 연구하고 있다. 이미 '애니셀 뱅크'라는 이름으로 자기 면역 세포를 보관하는 사업을 실시 중이다. 서울과 부산, 경남 등 유명 대학병원과 협정을 맺었다. 이 사업을 상용화한 것은 ㈜바이넥스가 세계 최초다.

㈜바이넥스는 지역 기업으로는 유일하게 지난해 산업자원부 '바이오스타 프로젝트'에 선정돼 세계적인 암 면역 세포 치료제의 임상 및 제품화에 박차를 가할 수 있게 됐다. 이 회장은 "합성 신약에 비해 바이오 신약은 짧지만 큰 성과를 낼 수 있다는 장점이 있다"며 "폐암과 대장암의 치료제 산업화를 추진하는 등 연구 중심의 기업을 만들기 위해 노력할 것"이라고 말했다.

이 기사가 나가고 난 뒤 인터넷 약사 협회 홈페이지에 이 기사가 링크되면서 문제가 발생했다. 일부 약사들이 위의 기사 전문 중 '약사로서 약국만 차려서 이익만 추구하다 보면 남이 잘하는 것을 그대로 따라하는 것밖에는 안 된다는 생각을 했죠. 그래서 직접 회사를 경영해야겠다고 생각했습니다'라는 부분에서 약사들을 이익만 추구하는 집단으로 매도했다는 것이다. 그러니 약사 협회장을 통해서 정식으로 사과를 받거나 아니면 불매운동이라도 시작해야 하지 않느냐는 반응들이 인터넷에 뜬 것이다.

물론 나의 인터뷰 기사에 달린 다양한 반응들 중에는 일방적인 비난 외에도 '약국이나 기업이나 이익을 추구하기에는 마찬가지이고 약국 대신 기업을 운영하게 된 것은 약사 면허증에 관한 고정관념을 깨는 일이 아니겠느냐'라는 비교적 긍정적인 입장도 있었고 '약사가 이익만 추구해 많은 돈을 벌긴 하지만 제대로 된 인식을 가진 사람은 이런 부분에만 눈을 돌려서는 안 된다'는 취지가 아니겠느냐고 우려가 섞인 부정적인 눈길을 보내는 이도 있었다.

신문이라는 매체 자체가 제한된 지면 안에서 인터뷰 당사자의 의견을 소상하게 실을 수 없다는 건 일반적인 상식이긴 하지만 어쨌든 나의 의견이 이렇게 왜곡되게 전달될 줄 전혀 생각하지 못했던 나는 당황스러울 수밖에 없었다.

약사 출신으로 제약회사에 근무하다가 마침내 자신의 회사를 차려 오늘에 이르게 한 나의 경험과 진심어린 충고는 어쩌다 보니 약사를 폄하하는 발언으로 변질되어 버린 것이다. 나는 일순 섭섭한 점도 없지 않았으나 어쩌면 이번 일로 인해 약사 면허증을 이미 소지했거나 아니면 앞으로 면허증을 소지하게 될 젊은이들에게 또 다른 진로에 관해 새롭게 인식하게 될 하나의 계기가 될 수도 있으리라는 생각을 했다. 그래서 진심으로 나의 의도가 왜곡되어 전달되었음을 밝히는 사과문을 발표했고 문제는 일단락되었다. 하지만 나는 여전히 더 많은 약사들이, 또 약학을 공부하는 젊은이들이 새로운 분야에 도전해 더 큰 세계를 열어 보이기를 희망하고 있으며 앞으로도 그 희망은 변치 않을 것임을 확신한다. 아래는 내가 발표한 사과문의 전문이다.

(주)바이넥스 이백천 회장입니다.

2008년 12월 4일자 부산일보 기사와 관련해 본인의 뜻과 달리 표현된 부분에 관해 무조건 심심한 사과의 말씀을 드립니다. 본인은 1964년 약사 면허를 취득한 후 당시 불모지였던 제약 산업 분야에 뛰어들어 열약한 환경과 대우 속에서 지금까지 제약 산업이 약업의 근간이라는 마음으로 불철주야 열심히 일해 왔습니다.

하지만 근간에 들어 BT분야와 제약 산업이 괄목할 만한 성장을 했음에도 불구하고 주인이라 할 수 있는 약사가 아닌 다른 분야의 사람들이 그 영광을 독점하는 것과 35년 제약 경영에서 약사들의 참여가 전무하였으므로 머지 않아 제약과 생명공학 분야가 약사의 영역에서 멀어지지 않을까 하는 안타까움이 항상 가슴에서 떠나지 않고 있었습니다.

금번 인터뷰 기사는 본인의 이런 아쉬운 마음의 표현이지 의역하시

듯 개국한 약사님들을 폄하하고자 한 말은 아니었습니다. 우수한 두뇌를 가지고 치열한 경쟁을 뚫고 약대를 졸업한 인재들이 약국은 물론 연구소나 제약 회사, 학문에도 많이 참여해 약사라는 직능 단체에도 우수한 기업가, 교수, 연구진들이 많이 탄생하게 되기를 항상 바라고 있습니다. 저는 작은 규모에도 불구하고 연구에 전력해 신약 개발에 성공한 제약 회사의 경영자로서 약사임을 잊은 적이 한 번도 없습니다. 앞으로도 제 업에 전력하며 약사의 명예와 긍지를 높일 수 있도록 최선을 다하겠습니다.

전쟁과 불꽃놀이

해마다 시월이면 광안리 바닷가에는 불꽃놀이가 열린다. 이 화려하고 환상적인 축제를 보기 위해 광안리 백사장이 미어 터지도록 인파가 몰려들고 이 풍경을 볼 수 있는 식당, 호텔, 찻집들은 일찌감치 예약이 끝난다. 발 디딜 틈 없이 몰려든 인파의 머리 위로 마침내 폭죽들이 터지기 시작하고 인간의 오감을 자극하는 형형색색의 불꽃들이 사람들에게 황홀감을 선사한다. 불꽃놀이만큼 정직하게 인간의 관능과 감성을 자극하는 것이 또 있을까.

아파트 베란다에 서서 이 거대한 축제를 멀리서 내려다 보고 또 올려다 본다. 바닷가에서 제법 멀리 떨어져 있지만 크고 작은 불꽃들은 마치 내 눈 앞에서 터지고 잦아들기를 계속해서 마치 나 한 사람만을 위한 불꽃놀이 같다는 착각을 불러 일으킨다. 화려한 조명을 밝힌 광안대교 위 어두운 밤하늘 위에서 작렬하는 불꽃놀이를 보면서 전쟁을 연상하는 건 몸소 전쟁을 경험한 나 같은 전후 세대에겐 감히 스스로 어쩌지 못하는 습관 같은 것이리라.

불꽃놀이라는 황홀한 이벤트와 참혹하기 그지 없는 전쟁이라는 행위는 한국 전쟁이나 베트남 전쟁 따위를 경험하지 못한 세대에겐 전혀 어울리지 않는 단어의 조합일 수도 있을 것이다. 하지만 내게 전쟁이란 여전히 불꽃놀이 같은 것으로 기억되고 있다. 그도 그럴 것이 내 아버지 세대가 삶과 죽음의 경계를 무시로 오가며 가족의 생존과 안위를 위해 온몸으로 피흘릴 때, 당시 내 나이 8살에 불과했으니 그럴만도 하다.

기마병, 거적대기에 덮인 주검들, 거듭되던 인민군과 국군의 진격, 인민군의 강제 징집을 피해 도망다니던 마을 사람들, 야간 폭격으로 인한 불꽃들, 시도 때도 없이 울려퍼지던 총성……. 그런 것들이 어린 내 기억 속에 남아 있는 전쟁의 풍경이다. 전쟁에 관한 역사적 의식이나 전쟁의 의미에 관한 자각 없는 어린 나이로 그 시절을 건너온 것은 어쩌면 다행한 일일지도 모른다.

전쟁이 일어나기 전 그나마 김천에서 제법 큰 집에 살았던 부모님으로 인해 그저 평범한 유년을 보냈던 나는 아무것도 모른 채 전쟁의 소용돌이 가운데를 살고 있었다. 밀고 밀리던 전세에 따라 인민군이 마을로 쳐들어왔을 땐 마을의 장년이란 장년들은 모두 강제 징집을 피하기 위해 산 속으로 숨었고 그들이 떠난 후 국군이 오면 그들에게 식량이며 잠자리를 제공하는 일이 반복되곤 했던 장면들을 기억한다. 국군과 인민군 중 어느 한쪽 편을 들었다간 전세의 역전에 따라 쉽사리 일가족이 몰살 당하는 처지에 놓이게 되는 건 소설이나 텔레비전의 드라마에서 익히 보아 왔던 그런 비현실적 상황의 현실이었다.

하지만 아무리 전쟁중이었어도 아이들은 아이들일 뿐이어서 인민군 혹은 국군이 행군하는 행렬 뒤를 졸졸 따라다니거나 군인들의 흉내를 내면서 논두렁을 뛰어다니며 전쟁놀이를 흉내내곤 해서 어른들을 걱정시키곤 했다. 콩을 볶아대는 듯한 따발총 소리나 폭격의 불꽃도 익숙해져서 여기저기 거적대기에 덮인 채 널려 있는 주검 근처를 아무렇지도 않게 쏘다녔으니 내가 살고 있는 이 시간이 언제라도 삶과 죽음에 의한 인간의 운명을 결정지을 수 있는 잔혹한 총칼의 시간, 짐승의 시간이었음을 알 리가 없었다. 가족들과 함께 선산이 있던 금릉군 어모면 동좌리에 피난을 갔고, 거기서 저녁이면 친척들과 어울려 초가집 처마에 깃들어 자던 참새를 잡고 소를 몰고 들판을 쏘다니면서 전쟁을 피했다.

인간이란 어쩌면 제 몸과 마음 속에 각인된 기억에 의해 철이 들고 성장하는 존재일지도 모른다는 생각을 나이가 들면서 종종 하게 된다. 아무런 의식없이 그저 어린아이로 전쟁을 목격하고 그 가운데에서 유년을 보냈다고 해서 그런 기억들이 한 사람의 삶에 아무런 영향을 미치지 않는 것은 아닐 것이다.

전쟁이 없었더라면 나와 나의 가족들, 더 나아가 대한민국의 전후 세대들의 삶은 어떻게 달라졌을까? 4·19와 5·16도 일어나지 않았고 내 어머니와 아버지의 젊은 날은 전쟁 이후보다 더 아름다울 수 있었을까? 대한민국의 근현대사는 어떤 방향으로 흘러갔을 것이며 경제와 산업과 문화는 어떤 시간을 거쳐 어떤 지점에 도달해 있을까? 개인적으로 한국전쟁 이후에 굶주림과 배고픔의 시절이 없었다면 나는 키가 훌쩍 더 크고 덩치도 커져서 군대를 가게 됐을까? 군대를 다녀온 나는 또 어떤 삶을 살고 있을 것인가? 약대에 진학하라는 아버님의 권유를 뿌리치고 화가의 길을 택했을까?

이미 저만큼 지나가 버린 시간을 되짚어 돌아보는 건 나이든 이들만의 특성이자 권한이라고는 하지만 해마다 반복되는 광안리 해변의 저 호화찬란한 불꽃놀이는 내게 늘 전쟁의 기억을 되살려 준다. 보다 나은 삶을 위해 오직 앞만 보고 뛰었던 시간의 저쪽에서 전쟁에 관한 기억은, 내 무의식 속에 숨어 나도 모르는 사이 이런저런 크고 작은 영향을 내게 미치고 있지 않았을까. 그때 민족과 국가와 가족의 안위를 위해 목숨을 바쳤을 무수한 사람들의 삶과 운명이 지금의 전후 세대들에겐 허공에서 작렬하는 불꽃들보다 더 선명한 자국을 남겼으리라는 사실은 자명할 것이다.

그런 불꽃 같고 불꽃이 타고 난 후의 어둠 같으며 그 위에 희미하게 남아 있는 잔상 같은 기억들이, 몸과 마음으로 치열하게 살며 지금 이 사회의 초석을 이루어 내었을 터이므로. 비록 지금은 축제의 뒤안길 혹은 세대의 그늘에서 잊혀져 가고 있다 하더라도 누구도 그들의 삶이 불꽃 같지 않았다고 말하지는 못할 것이다.

대화, 인간의 가장 아름다운 수단

현대 사회의 복잡다단한 시스템 속에서 살아가다 보면 다양한 이해 관계와 갈등이 발생하는 일이 다반사이다. 지금처럼 자본주의 사회 모든 분야에서 급격한 변화가 이루어지기 이전의 농경 사회에서도 개인 간의 갈등에 의한 분쟁은 피할 수 없었음을 상기한다면 이는 어쩌면 필연적인 현상일 수도 있다.

개인 간의 첨예한 이해 관계로 인해 발생한 분쟁은 당연히 법원의 법적 분쟁 해결제도를 이용할 수밖에 없다. 공정한 법의 심판을 받아 분쟁을 해결해야 하는 것은 세계 공통의 제도이다. 우리나라의 경우 분쟁해결을 위한 두 가지의 제도가 있다.

당사자의 주장과 제출 증거에 의한 엄격한 사실 인정을 바탕으로 청구의 정당성 여부를 공권적으로 판단하는 강제적 분쟁해결 수단인 소송 제도와 정의와 공평의 관점에서 법원이 조력해 당사자로 하여금 상호 양보를 통해 평화적이고 원만하게 분쟁을 해결하게 하는 자주적 분쟁해결 제도인 조정 제도가 그것이다.

민사 조정 제도에 관한 이런 장황한 설명들을 하는 이유는 내가 2003년부터 2007년까지 5년간 이 민사 조정위원으로 추천되어 활동을 했기 때문이다. 민사 조정 위원회의 구성은 이렇다. 담당 판사가 배석하고 2명의 민사 조정관이 참관한 가운데 분쟁의 당사자 2명이 서로 자신들의 상황을 피력하면서 서로 각기 다른 주장의 당위성을 설명하게 된다.

민사 조정 제도가 필요한 이유는 다양하겠지만 무엇보다 한 명의 판사가 1년에 1,500건 정도의 사건을 맡아야 한다는 점이 우선이지 않을까 싶다. 그런 과중한 업무의 비효율성을 개선하기 위해 민사 조정위와 가사 조정위를 두어 분쟁해결의 당사자의 자발적 의사를 존중하는 해결 방안을 찾게 된 것이다.

그 조정 위원의 한 사람으로서 나는 주로 2,000만 원 이하의 소액 재판을 전담해 왔다. 내가 겪어본 바 민사 조정위원의 역할은 그리 만만한 게 아니었다. 조정 위원으로서의 역할을 하기 위해 법원에 들어가기 전에 법원으로부터 미리 전달 받은 사건의 자료들을 꼼꼼하게 분석하는 일이 우선되어야 하는데 분쟁 당사자 간의 주장이 워낙 첨예하게 대치되어 있기 때문에 사건을 바라보는 온건하고 공정한 시각을 늘 유지함은 당연하다. 그러므로 조정 위원의 역할을 감당하는 일이란 늘 세상을 새롭게 바라보고 인식하는 일이며 또한 늘 세상에 관해 공부하는 마음이 될 수밖에 없다. 현대 사회에 존재하는 온갖 다양한 갈등과 분쟁들을 냉철한 객관의 시선으로 바라보고 판단하는 일은 내 자신 스스로를 파악하고 판단하며 정화하는 일에 다름아니므로 조정 위원의 일을 대하는 나의 마음은 절로 경건해진다.

그러면서 내가 미처 알지 못했던 인간이라는 존재의 복잡다단한 내면과 어떤 상황에 대처하는 인간의 다양한 변화들을 목격하면서 스스로를 되돌아보고 반성하게 되는 일 또한 필연적이다. 이미 나름대로 분석하고 파악한 사건의 개요를 중심으로 당사자 쌍방 간의 주장을 듣다 보면 분쟁 당사자들이 가진 몇 가지 공통점을 발견할 수 있게 된다. 인간은 늘 자신에게 불리하거나 나쁜 기억들은 쉽게 잊어 버린다는 점이다. 자신이 선량한 사람이라고 믿고 싶어 하고 자신에게 일어난 좋은 일만 기억하려 한다는 것이다. 이는 작심하고 의도한 교활함이 아니라 아마 자신도 모르는 사이 발현되는 무의식적인 본능이라고 생각되는 부분이기도 하다.

세상의 그 누구도 자신의 실수와 자신의 잘못을 드러내고 인정하기란 결코 쉽지 않은 일이기 때문이다. 게다가 그 사건 속에 돈에 관한 이익과 불이익이 개입되어 있으니 누구도 자신에게 불리하게 작용할 발언은 하지 않게 마련인 건 인지상정이다.

조정 위원의 일을 거듭하면서 경험이 쌓여 갈수록 하나의 사건을 바라보는 나의 시각들도 보다 명확해지기 시작했다. 몇 마디의 말, 표정, 분쟁 상대를 대하는 태도, 자신이 발언하는 주장의 앞과 뒤를 가늠해 보면 충분히 서로 타협하고 조절할 부분은 생겨나기 마련이다. 문제는 분쟁 당사자 간의 대화 부족에서 오는 오해와 불신의 문제이므로 조정 위원회는 서로 충분히 대화할 시간을 줌으로써 화해와 문제 해결의 장을 마련해 주는 역할을 하기도 한다.

'말 한마디로 천냥 빚을 갚는다'는 속담에서 겉으로 드러난 단순한 진실 이외에 더 깊고 풍부한 사람살이의 진리가 숨어 있음을 새삼 깨닫게 된다. 서로 앙숙을 넘어 원수지간이 된 두 사람 사이의 전혀 해결될 것 같지 않았던 사건도 충분한 대화가 오가기만 하면 대부분 1시간 이내에 합의에 이르는 결말을 보게 된다. 그러면 판사의 허락이 나고 도장을 찍으면 사건은 종결된다.

1주일에 한 번 출석해서 평균 5~6개의 사건을 조정하는 일을 하다 보면 법정이야말로 세상의 완벽한 축소판이라는 생각을 절로 하게 된다. 그리고 여전히 세상은 경험과 경륜이 풍부한 사람들의 지혜로운 조언이 필요한 곳임을 알게 되고 폭력이나 법에 의존해 문제를 해결하는 대신 서로 간의 모자라지 않게 나누는 대화야말로 세대와 성별과 국경을 뛰어 넘는 가장 아름다운 방법, 인간에게 꼭 필요한 필수적 수단임을 다시 한번 깨닫게 된다.

인간사에 동시다발적으로 발생하는 갈등과 분쟁의 해결을 위한 조정 위원의 역할을 나는 내가 기여할 수 있는 사회봉사의 일원으로 생각하는 자세로 임해 왔다. 그건 세상과 내가 대화하는 것이고 내 스스로가 자신을 향해 말을 거는 일이기도 하다. 그러면서 사람과 세상을 바라보는 온건하고 평등한 시각을 타인에게 향하기에 앞서 스스로에게 먼저 확인하고 점검하는 자세를 가지려 노력해 왔다. 그런 노력들이 사회를 향한 봉사 이전에 내게 큰 공부가 되었음은 두 말할 나위가 없다.

세상사 모든 문제는 늘 자신을 제대로 파악하지 못하고 정화하지 않으며 반성하지 않는 곳에서부터 시작한다는 걸 명확하게 인식하는 계기가 되어 준 것이다. 언제, 어떤 상황에서든 대화로 풀 수 없는 문제는 없다. 대화란 인간이 행할 수 있는 가장 아름다운 행위이자 수단이다.

가족과 종교

나는 이렇다 할 특정 종교를 가지고 있지는 않다. 그렇다고 무신론자인가 하면 또 그렇지만은 않다. 대한민국에서 '종교가 어떻게 되십니까'라고 물으면 아마 십중팔구는 종교를 갖고 있지는 않지만 심정적으로는 불교에 마음이 가 있습니다, 라고 대답한다. 나 역시 이런 경우와 별반 다르지 않다.

하지만 나이가 들면서 종교를 가져야겠다는 생각을 하곤 한다. 불교에 심취해서 열심히 불경을 공부하면서 인간의 생애에 깃들어 있는 삶과 죽음과 희로애락의 깊이에 관해 접근하고 싶은 마음이 생긴다. 그건 아마도 내가 고등학교 시절에 해인사에서 수험 공부를 했고 그곳에서 스님들의 생활을 곁에서 지켜볼 수 있었으며 어머님께서 독실한 불교 신자였던 탓에 나의 내면에 그런 동경이 잠재해 있기 때문일 수도 있다.

우리나라를 비롯한 동양에서 불교는 종교이기 이전에 역사와 문화를 관통하는 구심점이고 한 민족의 정신적·정서적 토대가 되어 대대로 내려왔다. 그런 점은 서양의 기독교 또한 마찬가지지만 기독교는 종교이기 이전에 생활 철학이자 일상의 지침서 같은 것이기도 하다고 알고 있다.

종교는 인간을 평온하게 하고 바른 삶의 자세를 알려 주고 또 삶에 관한 태도를 반성하게 하며 세계를 이해하는 폭넓은 시야와 가치관을 갖게 해 준다. 하지만 그에 못지않게 나는 종교, 아니 신앙의 힘에 관한 어느 정도의 회의감 또한 갖고 있음을 부인하지 못한다. 내 주변에서 그런 경우를 종종 목격했기 때문이다.

형제 중 동생 하나가 기독교 모태 신앙을 가진 제수씨와 결혼했다. 그런 영향인지 동생은 사업에 실패한 후 신학 공부를 해서 목사가 되었다. 목사가 된 동생의 신앙심은 당연히 돈독한 것이어서 자기 삶의 모든 것을 자신의 신앙을 위해 복무한다고 해도 과언이 아닐 정도이다.

하지만 나의 시각으로 볼 때 동생의 종교는 삶을 위해 존재하는 것이 아니라 종교를 위해 동생의 삶이 존재하는 것으로 보인다. 일상의 모든 가치는 종교에 의해 가늠되고 종교를 위해 존재하며 자신은 기꺼이 자신의 신앙에 자신의 모든 것을 헌신한다. 새벽과 한

낮과 저녁을 마다 않고 기도하고, 또 기도에 매진하다 보니 삶을 영위할 수 있는 최소한의 노동 행위조차 등한시하기 일쑤이다. 그런 동생이 종교를 가지지 않은 나를 이해하지 못하듯이 내가 신앙인인 동생을 완전하게 이해하지 못하는 것 또한 당연하다.

그러다 보니 가족 간에서도 신앙인과 비신앙인의 보이지 않는 간극은 깊어진다. 제사에 와서 절을 하지도 않고 밥을 먹지도 않는 일, 설이나 추석 같은 명절에 성묘를 하지 않고 인사를 오지 않는 일 정도는 그나마 이해할 수 있었다. 동생의 간곡한 설득으로 어머님은 돌아가시기 전에 기독교 세례를 받았다. 그러니 동생이 기독교식 장례를 주장하는 것 또한 당연했다. 아버님이 돌아가셨을 때도 동생은 기독교식 장례를 주장했다. 물론 나는 반대를 했지만 동생의 의견 또한 완전히 무시할 수는 없었다. 그래서 절충안을 낸 것이 기독교인은 기독교식으로 기도를 하고, 불교나 유교를 심정적인 종교로 가진 사람들은 향을 피우고 절을 하고 독경을 읊기로 결정했다. 가족 구성원 중 한 사람의 특정 종교로 인해 가족의 화합과 우애가 깨지는 게 나는 서운했지만 애써 이해하고자 마음을 추스렸다.

1985년 내가 순천당제약을 처음 인수했을 때, 이 회사의 중책을 맡은 이들이 거의 모두 기독교인이었다. 그러다 보니 그 아래 직원들 또한 대부분 기독교인들로 구성되어 있었지만 나는 반대하지 않았다. 다만 그들에게 부탁한 건 종교와 상관없이 회사의 원활한 운영을 위해 단합해 줄 것을 당부했다. 내가 그들의 종교에 관한 자유를 인정해 준 것처럼 나 역시 그들에게 내 의지를 밝히는 의미로 반야심경을 내걸었다. 그러면서 종교가 주장하는 교리에 의해 결혼식이나 장례식에 가지 않는 일은 한 회사의 구성원으로서, 한 사람의 사회인으로서 좀 부적절하지 않느냐는 설득을 했다.

먼 친척 중에 유교학자 한 분이 계셨다. 그는 늘 문중의 크고 작은 행사 때 진행과 자문을 맡아 왔으며 그분이 가진 인격과 학문의 깊이로 인해 문중에서 존경받는 분이셨다. 그분은 5남 1녀의 자녀를 두고 계셨는데 아들 중의 하나가 목사가 됐다. 그러자 그의 형제들은 모두 기독교 신앙을 가지게 됐고 문중의 행사에 참석하지 않게 되었으며 자신들의 아버지인 유교학자에게 끊임없이 기독교 신앙을 강요했다는 걸 알게 되었다. 자식들의 권유를 끝내 뿌리치지 못한 이 분은 기독교 신앙을 가질 수 밖에 없었고 그 역시 문중의 행사에 얼굴을 비추지 않게 되었다. 이 문중의 어른을 마지막으로 뵌 날, 그는 끝내 눈물을 보이셨다. 나이가 들고 거동이 불편할 지경이 되어 단지 종교가 다르다는 이유로 가족들에게 소외될 수는 없었노라고 말씀하셨다.

평생을 유교학자로 살면서 유교의 가치관과 학문의 탐구에 일생을 바친 분을 마침내 기독교인으로 개종시킨 종교의 힘이 나는 두렵고 무서웠다. 자신의 의지와 상관없이 단지 가족이라는 이유만으로 특정 종교를 강요하는 일, 그것도 연세가 들어 자신의 의지를 제대로 피력할 수도 없는 노인의 경우라면 그 정당성은 어떻게 설명되고 또 이해해야 하는 것인지 나는 알 수 없었다.

한 개인이 가지는 종교의 자유에 관해 나는 이렇다 할 의견을 피력할 수 있는 입장이 되지는 못한다. 다만 누군가 자신의 종교에 확고한 믿음을 갖고 있듯이 그렇지 않은 사람의 입장도 이해해 주었으면 하는 바람은 가지고 있다. 나 자신 또한 어떤 계기가 되어 특정 종교에 모든 것을 바쳐 헌신할 수도 있을 터이고 그럼으로 해서 나의 정신과 영혼이 구원의 경지로 들어설 수도 있을 것이다.

하지만 적어도 종교나 신앙으로 인해 가족 간의 화합이 깨뜨려지고 서로 간의 믿음이 사라지는 일은 없었으면 한다. 시간이 흐를수록 가족 구성원 간의 신뢰는 옅어지고 물질 문명의 득세로 인해 개인은 파편화되어 소외되는 현대 사회에서 적어도 가족이라는 소중한 관계만은 돈독하게 회복되기를 바라는 것이다. 눈에 보이지는 않지만 결코 흔들리지 않는 끈끈한 가족애의 바탕 속에 자유롭게 서로의 종교를 인정하고 이해하는 미덕이야말로 우리 시대에 요구되는 소중한 미덕이라고 생각하기 때문이다.

마음의 눈

출장을 다녀오는 비행기 안에서의 일이다. 아리따운 스튜어
디스가 살갑게 굴며 자꾸 아는 체를 하는 것이다. 내가 아
는 분 같지는 않은데 왜 자꾸 내게 아는 척을 하는 것일까 의아했지
만 의례적으로 인사를 받고 있는 내게 정치 정세니 상황이니 같은
구체적인 질문을 해댄다. 무슨 상황인가 하면 이 스튜어디스께서
나를 이회창 총재로 착각을 한 것이다.

일세를 풍미한 정치가로 또 대쪽 같은 법관으로 평생을 살아 일국
의 역사에 족적을 남긴 분과 착각을 할 정도로 닮았다고 하니 웃어
야 할지 싫은 척을 해야 할지 당황스럽지 않을 수 없다. 어떤 곤란한
상황에서도 흔들리지 않는 날카로운 눈빛과 크지 않은 키, 그에 걸
맞는 몸피를 지닌 이분과 내가 닮았다면 나 역시 그 정도는 아니더
라도 우선 날카롭고 깐깐하다는 인상을 가졌다는 이야기일 테니까.

더러 이회창 총재와 닮았다는 이야기를 들을 때마다 세상 모든 사람의 얼굴에 새겨진 시간의 흔적과 삶의 궤적에 관해 생각하게 된다. 나도 모르게 내 얼굴에 새겨져 있을 세월의 흐름에 따른 변화를 사실 나는 알지 못한다. 그건 자신의 모습에 관한 한 타인만이 객관적인 시각을 가질 수 있을 터이고 그 점은 누구라도 마찬가지일 거라는 생각 때문이다. 예부터 사람의 눈은 마음의 창이며 얼굴은 영혼의 거울이라고 했다. 인간의 마음은 맛도 향기도 없는 물과 같아서 그 마음이 어떤 사람이라는 그릇에 담기느냐에 따라 외형이 결정된다는 뜻일 것이다.

경북도청 의약과에서 근무할 당시 친구들은 내게 눈빛이 달라 보인다는 말을 종종 하곤 했다. 물론 나 자신은 내 눈빛이 어떻게, 얼마나 바뀌었는지에 관해서는 알지 못하고 있었다. 도청 의약과에 근무하는 공무원의 일이란 밤낮 없이 의약에 관한 부정과 범법 행위를 감시하는 일이었으니 아마 나도 모르게 나의 눈빛이 범죄의 현장을 탐색하는 수사관의 그것처럼 날카롭고 긴장되어 있었으리라.

의약과 공무원으로서의 나의 책무는 대부분 행정법에 의한 약사의 약업 행위 감시, 메사돈, 아편, 앵속 같은 마약류의 감시였다. 이 업무는 거의 경찰과 비슷해서 권총과 수갑을 휴대할 수 있었고 마약과 마약 사범을 감시하기 위한 밤샘 잠복 근무는 다반사였으며 검사의 지시를 받아 영장 교부와 수색, 구속까지 할 수 있는 권한이 주어진 것이었다. 게다가 경상북도 33개 시군의 행정 처분권을 갖고 있었으니 결코 가볍지 않은 막중한 업무였고 업무의 지역 범위 또한 넓었다. 그러니 약사 면허증을 가진 이의 직업으로서는 대단히 특이한 것이라고 할 수 있는 일이었다.

당시는 5·16 군사 정권이 들어선 때였고 사회 각 분야, 그 중에서도 특히 공무원의 청렴이 강조되고 요구되던 시대였다. 그때 도지사로 새로 부임한 분이 나이 채 40세가 되지 않은 구자춘 씨였던 것만으로도 미루어 짐작할 수 있듯이 사회 전반에 걸친 기강 확립을 위한 분위기가 팽배해 있었고 이런 인사 정책은 상징적인 것으로 받아들여질 때였다. 하지만 여전히 부정부패의 그림자는 여기저기에 잠복해 있었다.

경북 지역의 약종상 허가를 도청에서 발급할 때였으므로 음성적으로는 수시로 향응과 뇌물이 오가고 있었고 그걸 감시하고 차단하고 처벌하는 업무 또한 그만큼 늘어날 수밖에 없었다. 그런 업무의 한가운데를 종횡무진하며 일을 하려면 그만큼의 자기관리가 필요한 것이었으므로 늘 긴장된 마음가짐이 필요했다. 그러니 나도 모르게 상대와 상황을 감시하고 파악하는 날카로움이 몸에 배었을 테고 또 그런 모습은 자연스럽게 겉으로 드러났을 테니 주변의 사람들이 '사람이 달라 보인다'는 말을 하는 건 어쩌면 당연할 수도 있었다.

  사람의 나이 마흔이면 자신의 얼굴에 책임을 져야 할 나이라고 말한 건 미국의 존경받는 대통령 에이브라함 링컨이다. 부모님으로부터 물려 받은 얼굴은 어떤 환경에서 성장했으며 유년과 청소년에 어떤 교육을 접했고 그런 시간을 바탕으로 하나의 인격체가 완성된 어른이 되었을 때 어떻게 변해 있는지 되돌아보고 확인하는 나이가 마흔이라는 뜻이리라. 자신이 생각하는 자신의 모습과 타인이 생각하는 자신의 모습은 전혀 다른 간극을 가지는 게 일반적이다. 누구나 아침이 되면 잠자리에서 일어나 세수를 하고 거울을 본다. 늘 보는 자신의 얼굴이므로 그만큼 익숙하고 또 익숙해서 자신의 얼굴에 일어나는 변화를 스스로 감지하기란 쉽지 않은 일이다.

  경북도청 의약과 공무원 시절을 거쳐 이런저런 삶의 고비들을 지나 제약 회사를 경영하고 있는 현재에 이르기까지 나의 삶에도 많은 굴곡과 변화가 있었으니 그만큼 세월의 흔적이 나의 얼굴에도 새겨져 있을 터이다. 젊은 날의 날카롭고 긴장된 모습이 많이 깎이고 둥글어져서 나이가 주는 지혜와 경륜이 더해졌을 법도 하건만 지금도 간혹 '이회창 총재와 닮았습니다'라는 말을 듣는다. 내게 여전히 어떤 날카로움과 강한 주관의 아우라가 남아 있다면 그건 가계로부터 물려 받은 선천적인 외양과 기질 탓도 있겠지만 매사에 자신감과 추진력을 잃지 않고 공정함을 유지하고 싶었던 내 내면의 자존심이 작용했으리라는 생각을 한다.

　사람은 누구나 나이가 들어 노년으로 접어들어도 마음의 나이는 결코 늙지 않는다. 늙고 쇠약해지는 건 당연한 자연의 섭리인 육체의 몫이지 그 몸 속에 살아 있는 정신의 몫은 아니다. 그러니 사람의 얼굴은 제 자신의 몸속에 깃든 정신의 거울, 영혼의 거울이라는 말은 틀리지 않다.

　자루 속에 든 송곳이 언젠가는 자루를 뚫고 튀어나오듯 인간의 얼굴 또한 마찬가지다. 인간의 얼굴은 노년에야 비로소 완성되는 것이다. 누구를 닮았습니다라는 말을 들을 때마다 웃을 수도 화를 내지도 못하는 이유는 그런 탓이다. 내 삶의 완성을 위한 시간은 지금부터이고 가장 치열하게 살아내야 할 시간 또한 지금이라고 생각하기 때문이다.

베이비 파우더에서 발견된 석면 탈크 파동은 한마디로 한심하기 짝이 없는 보건 행정의 전모를 그대로 드러낸 사건이라고 생각한다. 대부분의 보통 사람들은 전혀 알지도 못했던 이 탈크라는 성분에 관해 알기 위해 많은 사람들이 인터넷에서 정보를 얻고 서적을 구해 읽곤 한다.

까닭인즉 인간은 건강을 지키기 위해 누구나 일정 부분 의약품에 의존하기 마련인데다 고혈압, 심장병 등의 지병을 가진 사람들은 수 년 혹은 수십 년간 특정 의약품을 사용하지 않을 수 없는 게 현실이니 당연한 반응이 아닐 수 없다.

나의 건강을 지켜 주고 유지해 주는 의약품이 어느 날 갑자기 석면오염 우려 의약품으로 판정이 나서 판매 금지와 함께 전량 폐기 처분하라는 행정 당국의 처분을 받았다면 그 약품을 평생 복용해 온 사람이 감당해야 하는 놀라움과 충격은 누가 책임져야 하는가.

지금 인터넷을 비롯한 모든 정보들에는 당국이 발표한 문제 의약품의 유해성에 관한 논쟁이 뜨겁게 불붙고 있다. 유해하다, 그렇지 않다, 유해할 수는 있으나 그 정도는 심각하지 않다 등등 백인 백색의 목소리가 의약품의 실질적 유해에 관한 논쟁으로 넘쳐나고 있다. 식약청은 문제가 된 탈크에서 함유된 석면의 양은 2%라고 발표했다. 약업 신문이나 제약 협회 사이트를 방문해 조회해 본 결과 2%가 함유된 탈크를 사용한 의약품의 비중이 0.1%라면 생산된 의약품 속에 함유된 석면의 양은 0.0002%에 불과하다. 이 정도의 비중이 과연 인체에 유해하다고 발표해 판매 금지 및 전량 회수, 폐기 처분 명령을 내린 것은 과연 정당한 일일 것인지 묻지 않을 수 없다.

가령 이 정도의 비중이 인체에 치명적인 영향을 미치는 것이라면 식약청을 비롯한 보건 행정당국은 그 동안 도대체 무얼 했다는 말인가. 의약품을 일상적으로 또 필수적으로 소비해야 하는 보통 사람들은 지금 일대 혼란을 겪고 있는 실정이고 보건 행정 당국에 관한 신뢰는 회복할 수 없을 지경으로 땅에 떨어져 있는 실정이다.

소비자의 입장에서 본다면 제약 회사의 통제권을 98% 이상 갖고 있는 식약청의 명백한 업무 처리 실수라고밖에 볼 수 없다. 지금까지 모든 대한민국 국민들이 믿고 복용해 왔던 121개 제약 회사의 1,122개 의약품들을 인체에 유해하다는 이유로 하루 아침에 판매 금지 시킨다면 그 의약품들을 복용해 왔던 사람들은 누구에게 그 책임을 묻고 보상을 요구해야 하는 것인지도 차제에 명확하게 밝혀 주어야 하지 않겠는가.

제약 회사의 경영인이기 이전에 국민의 한 사람의 입장에서 생각해 보면, 그 의약품에 관해 판매 중지와 폐기 처분 명령을 내리기 전에 의약품 제조에 대한 안정성과 유해성의 유무에 관한 철저한 규명으로 충분히 소비자인 국민들을 설득하고 안심시킨 후에 잘잘못을 가려 시정이 이루어졌어야 할 조치라고 생각한다.

의약품의 실질적인 소비자인 국민들을 불안과 불신의 구렁텅이에 빠뜨려 놓고 일방적인 행정 명령만으로 자신들의 과오를 덮으려 하는 것은 전형적인 전시 행정의 표본이 아닌가. 더구나 지금같은 글로벌 경제 불황의 시대에 많은 자본과 시간을 투자해 이 의약품들을 연구, 생산해 낸 제약 회사들이 입을 경제적, 대내외적 신뢰도 추락이 가져올 타격은 곧바로 천문학적인 금액의 국가 손실로 이어질 것은 불을 보듯 뻔한 일이다.

식약청을 비롯한 보건 당국의 발표와 조치가 경솔한 것이었다면 국민들이 가지는 당국에 대한 불신과 국민 개개인의 건강에 관한 심리적 불안과 그 불안이 야기할 건강상의 피해는 어떻게 해결할 것인가. 매일 필수적으로 복용해 온 약을 어느 날 갑자기 아무런 대책도 세워 놓지 않은 채 판매 금지 조치를 내려 놓았다가는 그 의약품을 대체할 제품이 없다는 이유로 다시 판매를 허락하는 등 명령과 조치를 번복하는 이 어처구니 없는 사태가 상징하는 건 우리나라 보건 행정의 허술함, 보건 행정을 관장하고 통괄하는 전문적 능력의 부재, 나아가 국가 전체의 즉흥적이고 즉물적인 전시 행정을 적나라하게 보여 주는 것이라고밖에 할 수 없다.

누가 지금의 이 사태를 책임지고 해결할 것인가. 보건 행정 당국은 지금이라도 소비자인 국민 개개인과 생산자인 제약 회사 모두가 더 큰 피해와 타격을 입지 않고 정상적이고 합리적인 방법으로 이 사태를 해결할 방안을 찾기 위해 머리를 맞대야 할 때라고 생각한다.

해인사 시절

김천 중학교를 졸업하고 고등학교에 진학할 당시, 나의 과거 진학운은 별로 좋은 편이 아니었나 보다. 아니, 운이 아니라 나의 실력이 되지 않았기 때문이겠지만 대구의 일류 고등학교에 입학 시험을 본 나는 번번히 낙방의 고배를 마시고 말았다. 결국 영남 고등학교에 진학을 했지만 김천에서는 나름대로 공부 좀 하던 학생이었던 나는 자존심이 있는 대로 상해 있었다.

당시의 사회 분위기는 가난했던 만큼 자식들의 교육열에 관한 한 더 열성적인 것이었고 누가 어떤 학교에 진학했다는 사실은 부모들의 사회적, 금전적 지위와는 상관없이 최상의 가치를 지닌 자랑거리였으니 부모님을 실망시킨데다 스스로도 실의를 금치 못했던 나는 학교 생활에 제대로 적응하지 못했다. 적응을 못한 게 아니라 아예 학교를 다니지 않으려고까지 생각했으니 나의 학교 생활이 평탄할리 없었다.

　게다가 나는 작은 키에 왜소한 체격을 가졌으므로 늘 학급에서 출석번호가 10번 이내였지만 초등학교, 중학교 때 그랬듯이 나보다 훨씬 키가 크고 덩치가 좋은 급우들을 친구로 사귀기 시작했다. 예나 지금이나 한 학급에 다소 품행이 불량한 친구들은 있기 마련이고 내가 사귄 친구들 또한 그와 다르지 않아서 나는 그들의 서클에 가입하고 자주 그들과 어울려 다녔다.

　당시의 학교에도 여러 서클들이 존재했는데 그저 그런 써클이 아니라 사회로 진출한 선배들이 정기적으로 찾아와 격려를 해 주곤 하는 공식적인 서클인 셈이었다. 나는 이 덩치 큰 친구들과 어울려 다니면서 패싸움을 벌이곤 했다. 내가 재학하던 시절의 영남 고등학교 바로 옆엔 화장장이 있었고 냄새가 심했다. 그곳에서 우리들은 학교 대항 패싸움, 동네 대항 패싸움을 일삼았지만 나는 체격이 왜소하다는 이유로 늘 뒷전에서 구경만 하는 처지였다. 그런 학교생활이 계속되었으니 부모님의 걱정은 당연한 것이었는데, 특히 어머님은 같은 학교에서 공부 잘하는 아이들의 써클을 부러워하시곤 했다.

　그 시절 영남 고등학교의 학생들은 대부분 나처럼 경북 고등학교, 경북 사대부고에 응시했다 떨어졌으나 장학생으로 스카웃된 친구들이었으므로 기본적인 학업 능력은 결코 뒤떨어지지 않는 그룹에 속하는 편이었다. 어머님은 독실한 불교 신자이셨고 특히 해인사를 자주 다니셨다. 게다가 아버님은 한국전쟁 이후 가장 전도가 유망한 직업이 약사라고 생각하시는 터여서 내가 약대에 진학하기를 강력하게 권유하셨다. 그런 부모님의 기대와 권유를 저버리지 못한 나는 마음을 다잡기로 결심한 후 어머님의 권유대로 공부를 하기 위해 해인사에 들어갔다. 당시에는 학원이 없었다. 대신 많은 학생들이 방학을 이용해 짐을 싸들고 절에 들어가 공부에 몰두하곤 했는데 해인사는 특히 독실한 신자의 자녀들에게만 한해서 방을 한 칸 내어 주는 배려를 해 주었다.

지금은 미국에서 살고 있는 강수영이라는 친구와 나는 당시 경북의대 재학중인 학생을 가정교사로 모시고 공부를 시작했다. 해인사 본당에서 100여 미터 떨어진 극락전이라는 암자에 기거하며 공부를 했는데 해인사엔 나 같은 학생 말고도 많은 사람들이 공부를 하고 있었다.

해인사에서의 생활은 내게 불교에 관한 깊은 이해를 심어 주었다. 스님들은 엄격한 규율 아래 수행에 정진하고 있었는데 그 엄격함이 어느 정도였는지를 알게 하는 이런 예도 있었다. 고기를 금하는 사찰 음식으로 인해 혹시 아들의 몸이 상할까 염려한 어머님은 고추장 단지 속에 소고기를 볶아서 숨겨 주셨다. 하지만 스님들은 냄새만 맡고도 고기가 숨겨져 있는지, 아닌지를 알 정도였으니 그들의 수행 과정의 엄격함이 어느 정도인지 충분히 짐작되는 사례였다.

해인사에서의 생활은 내게 불교를 경이의 대상으로 이해하게 만들었다. 다비식에서 사리를 목격했던 일이나 저녁에 목욕을 하고 입적에 든 스님을 알리던 범종 소리, 가을이면 스님들과 잣을 따러 갔던 일 등으로 자연스럽게 나는 마음의 안정을 되찾으며 공부에 몰두하게 되었다.

해인사에서 공부를 하던 마지막 여름 방학, 그러니까 고3 때의 일이다. 극락전에서는 화장실이 멀었다. 산중 사찰의 어둠 속을 걸어 화장실까지 가는 일은 어쩐지 두려웠지만 그걸 내색할 수는 없는 일이었다. 어느 날 정오 무렵 화장실에서 볼일을 보고 있을 때, 커다란 구렁이 한 마리가 화장실 밖에서 안으로 들어왔다. 옷춤을 추스르는 둥 마는 둥 사색이 되어 서 있다가 어찌어찌 화장실 밖으로 나왔는데, 그 구렁이가 다시 돌아서 나와 길을 가로막았다. 한 낮의 뜨거운 태양 아래 사방은 침묵에 둘러싸인 산중에서 만난 그 구렁이가 왜 그렇게 나는 두렵고 공포스러웠을까.

너무 놀란 나머지 극락전으로 돌아와서도 마음을 진정시키지 못하고 헛소리를 하고 있을 때, 스님이 와서 나를 달랬다. 그 뱀은 설법을 들으러 오는 뱀이다. 그러니 너무 놀라지 말아라. 하지만 공포에 질린 나는 그 길로 짐을 싸 집으로 돌아오고 말았다. 집으로 돌아와서도 정신을 못 차리고 한동안 공포에 질려 헛소리를 한 것으로 기억한다.

아마도 내 어린 마음이 처음 맞닥뜨린 일상적인 삶 너머의 어떤 공간, 평범한 인간을 초월한 어떤 성스러운 존재의 무게가 신비롭고 경이로운 감정과 더불어 공포의 감정까지 더하지 않았을까 생각된다. 세상을 온전하게 이해하고 세계와 우주의 광대한 법칙을 받아들이며 어른이 되는 통과의례를 해인사에서 치른 셈이다. 청빈하고 정정하며 경건한 아우라에 둘러싸여 있던 해인사의 풍경들은 여전히 내 기억 속에 선명하게 남아 있다.

화양연화

한 사람의 인생에서 가장 아름답고 행복한 순간을 일컫는 화
양연화花樣年華의 시절은 누구에게나 있다. 언젠가 누가 내
게 있어서 이 화양연화의 시기가 언제였느냐고 물었을 때, 주저없이
나는 집사람과 결혼했을 때라고 대답했던 것 같다.

그런 질문을 예상하지도 생각해 보지도 않았음에도 불구하고 왜
망설임 없이 그런 대답이 나온 걸까? 나는 별로 가정적이고 부드러
운 사람이 못 되는데다 그렇기는커녕 어렵게 인수한 회사를 어느
정도의 위치까지 끌어올리기 위해 밤낮없이 일만 한데다 아버지에
게서 보고 배운 그대로 전형적인 가부장 스타일의 구식 사람이니
스스로도 의아할 지경이다. 아마도 내 그런 대답의 무의식 속에는
평생을 같이 동고동락한 집사람에 대한 무언의 미안함과 존경, 그
리고 말로 표현하지는 못하지만 내 나름의 애정이 숨어 있기 때문

이지 않았을까 생각한다.

1966년부터 1973년까지 경북도청 의약과에서 근무한 나의 공무원 시절은 나름대로 쌓인 원만한 대인 관계와 사회인으로서의 인격을 형성할 수 있었던 보람 있는 시간이었다. 직책이 약사, 의사의 업무에 대한 것이다 보니 경북 33개 시군의 약국에 대한 정보는 훤하게 꿰뚫고 있어서 이런저런 정보 또한 얻기가 어렵지 않았다.

바로 이런 기회에 내 삶의 반려자를 찾아야겠다는 생각을 갖고 정보를 최대한 활용해 조사를 해 본 결과, 대상 제1호로 지금의 집사람이 선택되었다. 그저 혼자만의 일방적인 선택을 해 놓긴 했지만 상대에 대해 아는 것이라곤 약대를 졸업하고 약국을 운영하고 있다는 사실뿐이었다. 집안의 장남이라 늘 부모님으로부터 결혼 독촉을 받고 있던 나는 일방적으로 혼자 선택한 상대를 부모님께 통보부터 해 놓고 보았다.

아니나 다를까. 부모님은 한치의 망설임도 없이 바로 약국을 찾아가 얼굴도 보고 약국의 맞은편 다방에서 하루종일 상대의 일거수 일투족을 면밀히 관찰한 후에 내게 결혼을 해도 좋다는 허락을 내리셨다. 그리고는 비로소 나의 결혼 작전은 시작이 된 것이다. 상대의 일과를 비롯해 여러 면을 나름 알아 본 결과, 상대는 결코 호락호락한 인물이 아니라는 결론을 얻었다.

어떻게 해야 할까를 오래 생각한 결과 나는 마침내 용기를 내었다. 이럴 때 쓰자고 박봉의 공무원이 된 것일 거라는 용기를 내게 된 것이다. 우선 직권 남용이라는 소리를 들을 것을 각오하고 감독기관이라는 직권을 이용해 기회를 만들어 보자 싶었다. 당시만 해도 도청 의약과에서 33개 시군의 의료기관 및 약국, 한약종상 등의 감시권과 행정 처분권을 다 가지고 있었기 때문에 만날 기회를 만들기는 쉬웠으나 그 이후가 문제였다. 예나 지금이나 혼기의 남성들에겐 결혼 상대자로 첫손에 꼽히는 약사라는 직업에다 좋은 집안 배경에 미모까지 뛰어났으니 일개 5급 공무원의 신분으로서는 한마디로 상대가 되지 않았기 때문이다.

하지만 늘 하면 된다는 긍정적인 사고가 남달랐던 나로서는 그냥 물러설 수 없는 일생일대의 기회라는 신념을 갖고 작전에 돌입했다. 우선 몇 달간은 직권을 이용해 약국을 드나들면서 얼굴 익히기에 들어갔고 주변 친구들과 이런저런 일을 만들어 만날 수 있는 기회를 늘려갔다. 그리고 마침내 도청 공무원 세 명과 약사 세 명이 이러저러한 핑계를 만들어 1일 야유회를 가게 되자 나는 속으로 쾌재를 불렀다.

장소로 결정된 곳은 속리산 문장대. 교통이 편리해진 요즘에도 1일 코스로는 힘든 곳인데 당시인 1960년대 속리산 1일 야유회는 바로 목표 달성의 절호의 기회였다. 출발 전 일행들에게 단단히 이야기를 하고 새벽 기차를 타고 대전에서 내려 버스를 타고 속리산으로 들어갔다. 사전 담합이 없더라도 문장대까지 갔다오기란 힘든 일인데 동료들과 약속한 계획까지 있었으니 일은 수월하게 진행되었다. 속리산에서 내려와 대전 행 마지막 버스를 타고 대전에 도착하니 한밤중. 대구로 내려 가는 열차는 끊어진 지 한참이었다. 예정대로 여관의 방을 두 개 잡아 남녀가 따로 숙박을 하기로 하였다. 지금은 복개가 된 대전 시내를 가로지르는 강 위에 목측교란 다리가 있었고 다른 일행들이 여관에서 잠 든 사이 밤늦게까지 집사람과 함께 목측교의 다리 위에서 두 사람만의 역사를 만들 수 있었다.

이튿날 늦은 식사를 하고 열차로 대구에 도착하니 내가 예상한 대로 여론이 들끓었다. 대구에서 결혼 대상 순위 1위였던 과년한 딸이 남정네와 같이 한 속리산 1박은 충분히 뉴스거리가 되었고 당사자인 집사람 측은 안절부절이고 남자들은 의미심장한 웃음을 흘리게 되기까지, 나의 목표 달성은 꼭 1년만에 이루어진 것이다. 마침내 양가와 동의 아래 약혼을 했고 1967년 3월에 결혼식을 올리게 되었다. 인륜지대사라 불리는 나의 집사람과의 결혼은 그렇게 시작되었지만 아마도 집사람은 자신의 앞날에 그리 큰 고생길이 기다리고 있을 줄은 생각하지 못했을 것이다.

아버지의 사업 실패로 가족 모두가 부산으로 이사를 한 후 나도 경북도청 의약과에 사표를 내고 부산으로 내려왔다. 결혼과 함께 부모님을 모시고 살았던 집사람은 부산에서도 여전히 부모님을 모시고 생활했다. 약국에 딸린 방 한 칸에 부모님을 모시고 집사람은 약국하랴, 부모님 모시랴, 아이들 키우랴, 그야말로 정신없는 나날을 살았다. 사업의 실패와 상관없이 아버지는 여전히 엄격한 가부장이셨고 집사람은 약국을 마치고 나면 그날의 하루 매출을 아버님께 남김없이 보고하고서야 잠자리에 들 수가 있었다.

연탄가스 중독으로 흔하게 사람들이 사망하던 시대였으므로 겨울철이면 하룻밤에도 몇 번씩이나 약국 문을 두드리는 사람들을 상대하고 집안의 연탄 불을 확인하고 부모님의 안녕을 확인해야 하는 힘든 나날들이었다. 집사람의 삶이 얼마나 어려운 것인지를 익히 알고 있었지만 나 역시 새로운 일을 시작해야 했으므로 살뜰하게 집사람의 처지를 보살피고 위로해 줄 겨를이 없었다. 그런 고단한 시간들을 견디면서 집사람은 동생들 장가 보내고 부모님의 회혼식을 치렀으며 세 아들의 결혼과 어머니가 돌아가시고 난 후의 아버지 모시는 일 등등 집안의 대소사를 원만하게 다 치러낸 후에야 30년 하던 약국을 그만뒀다.

그 동안 수고했으니 이제는 자신의 일도 찾으며 여유를 가져 보라고 권하지만 이제는 뭔가를 해 볼 더 이상의 기력이 없다고 말한다. 자식들에게서 손자도 태어났으니 그 손자들 돌보러 다니는 국제 파출부가 새로운 직업이라고 우스개 소리를 하기도 한다. 가장 이상적인 부부는 친구 같은 부부라고 누군가가 말했다지만 집사람은 오로지 자신의 위치에서 자신이 맡은 일을 한치도 소홀함 없이 묵묵히 해 냈다.

두 사람의 완고한 가부장, 즉 시아버지인 나의 아버지와 남편인 나를 모시고 내조하는 일 또한 결코 쉽지는 않았을 것이다. 나 또한 지금까지도 여전히 남자가 해야 할 일과 여자가 해야 할 일이 따로 있다고 믿는 전형적인 구세대 사람이지만 나의 믿음과 가치관을 자신의 것으로 받아들여 평생을 반려와 동행으로 일관해 온 아내에게 늘 감사하는 마음을 갖고 있다. 그것이 비록 입 밖으로는 말해지지 않는 묵언이기는 하지만 대한민국의, 그것도 무뚝뚝하기 그지 없는 경상도 남자들이라면 누구나 다 그렇지 않을까, 스스로 위로하곤 한다.

오아시스 운동

일반적으로 일본 사람들은 친절하고 예의 바르며 현대 사회를 살아가는 데 있어 표준적이고 모범적인 국민상으로 알려져 있다. 일본인들의 몸에 밴 이런 태도는 선진국을 지향하는 개발도상국과 후진국에선 존경과 선망의 대상이 되고 있다. 이런 일본인들의 사회적 품성의 기초를 다진 것을 이른 바 '오아시스オアシス' 운동이라고 한다.

"안녕하세요" "고맙습니다" "실례합니다" "미안합니다"의 일본식 발음의 준말인 이 오아시스 운동은 일본인 교육의 바탕이 되는 것으로 일본인들이 태어나면 아주 어릴 때부터 가르치는 기초 교육이라는 것이다.

오하요 고자이마스おはようございます 즉 "안녕하세요"는 상대방이

인사하기 전에 먼저 인사를 하라는 가르침이다. 아리가도 고자이마스ありがとうございます, "고맙습니다"는 아주 사소한 것이라도 먼저 고맙다고 표현하라는 가르침이고, 시츠레이시마스しつれいします, "실례하겠습니다" 혹은 "실례했습니다"는 어떤 경우든 상대방을 먼저 배려하라는 가르침, 스미마셍すみません, "미안합니다"는 무조건 미안하다고 말한 후에 자신의 의견을 피력하라는 가르침이다.

일본을 여행하거나 업무차 다녀온 사람들이라면 아무리 짧은 시간을 머물렀어도 위의 이 말들을 수도 없이 들었을 것이다. 일본인들의 이런 친절들은 무뚝뚝하고 자신의 마음을 잘 표현하지 않는 한국 사람들에게는 좀 어색하고 더러 경박해 보일 수 있다. 그런 연유로 한국 사람들은 때때로 일본인들의 이런 친절한 태도를 교육에 의한 형식적인 배려이자 정情이 담기지 않은 건조한 모습이라고 비판하기도 한다. 모든 인간 관계를 정으로 쌓아 가는 한국 사람들, 말로 표현하지 않아도 서로 진심을 알 수 있고 진심이야말로 그런 표면적인 친절을 뛰어넘는 가치를 지닌다고 믿는 한국 사람들에게는 충분히 느껴질 만한 감성이자 문화임에 틀림없다.

그러나 되돌아 생각해 보면 일본인들이 가진 행동 가치의 기본이라 할 수 있는 이 '오아시스 운동'은 충분히 되짚어 보고 음미해 볼 만한 가치가 있는 교육이라고 생각된다. 당장 눈앞의 현실에서 일본인의 태도와 한국인의 태도를 비교해 본다면 충분히 납득이 갈 것이다. 공공장소에서 한국인들의 예절은 거의 낙제점에 가깝다. 식당에서 큰소리로 떠들며 식사와 음주를 하는 태도, 아이들이 시끄럽게 뛰어다니며 타인에게 피해를 주거나 말거나 아랑곳 않는 태도, 누군가 아이들을 조용히 나무라면 왜 남의 아이 기를 죽이냐며 핏대를 올리며 욕하는 경우, 지하철이나 버스에서 자신의 사생활을 까발리며 큰소리로 전화 통화를 하고 공공장소에서 누군가와 대화를 하는 경우엔 큰소리로 자신의 주장을 일방적으로 피력하는 경우, 최소한의 예의가 필요한 관광지나 유적지에서도 아랑곳 없이 몰려다니며 대화를 하는 경우 등등. 절로 마음이 상하거나 눈살이 찌푸려지는 이런 경우는 한국 사회에서 워낙 일상적인 풍경이라 누구도 상관하지 않는 게 일반적이다.

하지만 해외로 나갔을 때는 경우가 달라진다. 지구촌이라 불리는 글로벌 시대 한국인의 위상은 달라진 경제적 지위와는 상관없이 여전히 구태를 못 면하고 있다. 한국인 관광객들 사이에 다른 외국인들이 섞여 있다면 그 행태의 비교는 확연해진다. 해외 여행이나 출장 시 종종 민망한 경우를 만나곤 한다. 외국의 주요 유적지나 관광지에 어설픈 한글로 써 있는 "쓰레기를 버리지 마시오" "줄을 서시오" "떠들지 마시오" 혹은 "껌을 씹지 마시오" 등등의 경고문을 읽을 때가 그럴 때이다. 물론 이런 현상은 해외 여행 자유화가 이루어진 지가 그리 오래지 않은 한국만의 특정한 사정 때문이라고 치부할 수도 있지만 그럴 때, 한국인의 일상 예절에 관한 기본적인 것들을 재고해봄과 동시에 일본인들의 품성 교육인 오아시스 운동에 관해 곰곰이 생각해 보는 계기가 되곤 한다.

공공장소에서 거리낌 없고 타인에 대한 배려보다 자신의 주장을 더 중요하게 생각하는 한국인의 이런 태도는 활기차고 에너지 넘치는 한국인의 기질에서 연유하며, 그것이야말로 한국의 경제를 재도약하게 한 원동력이라고 좋게 말하는 경우도 있다. 그리고 한국인에게는 다른 민족에게는 없는 정이라는 끈끈한 감정이 인간 관계 속에 깊숙이 잠재해 있다. 다른 어느 민족에게서도 찾아볼 수 없는 이 정이라는 감정이야 말로 한국인의 가장 큰 장점이라고 나는 생각한다. 겉으로 가볍게 표현하지 않지만 마음 속 깊은 곳에서 우러나온 이 정이야말로 진심이며 친절이고 진정한 배려이자 예절이라고 생각하기 때문이다. 정이야말로 갈등과 대결, 분쟁과 대립을 해소하는 한국인만의 커다란 미덕임에 틀림없을 것이다.

하지만 이런 정을 기본적인 심성으로 가진 한국인들의 예절 교육도 이제는 조금씩 바꾸어도 상관없을 것이다. 뿌리 깊은 유교 전통이 가진 예절의 소중함에다 좀 더 글로벌하게 선진화한 품성 교육이 어우러진다면 한국인이 가진 민족적 특성은 더 큰 빛을 발하게 되지 않을까? 차갑고 형식적이며 마음이 담기지 않은 친절이 아닌 진심으로 따뜻한 마음이 우러나는 타인과 사회에 관한 작은 배려, 이런 모습이야말로 한국인의 참모습이라고 생각한다. 그리고 언젠

가는 이런 아름다운 모습이 한국인의 진정한 민족적 특성이자 장
점으로 자리 잡을 날이 올 것임을 긍정적으로 기다리며 또 기대하
고 있다.

20 00년 5월 13일, 자식 중 하나라도 불행이 없어야 하고 부부 역시 건재해야 행할 수 있는 결혼 60주년의 회혼례를 경주의 별장에서 거행할 수 있었다.

나의 선친은 독자로 태어나 4남 1녀의 자식들을 두었고 쉰의 젊은 나이에 사업을 접었으나 자식들에 대한 교육열만은 누구보다 치열하게 가지신 분이었다. 선친의 자식 교육에 대한 철학은 늘 하나, '고기를 먹이는 일보다 고기잡는 법을 가르친다'는 것이었다. 사업에 실패하신 이후 선친은 낚시와 여행으로 건강을 유지하며 사셨는데 나의 어머니가 81세로 먼저 돌아가시고 6년을 혼자 생활하시다 91세에 명을 다하셨으니 천수를 누리셨다고 할 수 있을 것이다.

장남인 나는 집안에 대한 책임이 아무래도 다른 형제들과는 달랐

으므로 선친이 원하시는 대로 약대를 졸업하고 전문 직종으로 나아
갔지만 세 남동생들은 그러지 못했다.

둘째 동생의 경우, 1960년대의 선친께서는 자동차 산업에 종사하
기를 원하셨다. 선친은 장래의 가장 유망한 산업 분야가 자동차 산
업이 될 것임을 예견하셨으므로 부산 서면의 자동차 부속 골목의
어느 가게를 무작정 찾아가 월급도 필요 없고 심지어 도시락도 싸
들려 보낼 테니 1년만 직원으로 데리고 있어 달라 부탁하셨다. 그리
고는 둘째 동생에게 거기서 6개월만 일하다 보면 자동차 산업의 큰
테두리를 어느 정도 알게 될 테니 그 이후 그쪽 분야의 사업을 해 보
라고 권유하셨지만 동생은 2개월도 견디지 못하고 그만두었다. 그
이후 동생은 신앙인의 길로 나아가 지금은 목사의 삶을 살고 있다.

셋째 동생은 대학에서 섬유과를 졸업했으나 60년대는 컴퓨터가
막 도입되는 시기였음에도 불구하고 선친께서는 미래 사회가 정보
화 사회가 될 것임을 간파하셨던 듯하다. 셋째 동생에게 서울의 컴
퓨터 학원 한 곳을 수소문해 결정한 후 서울에서 하숙을 하면서 컴
퓨터 공부를 하기를 권하셨다. 동생은 선친이 시키는 대로 컴퓨터
를 공부했고 그 결과 컴퓨터 학원 출신으로는 처음으로 한국의 컴
퓨터 산업의 발전에 크게 기여한 인물이 되었다. 이제는 은퇴해 전
원 생활의 여유를 즐기고 있다.

넷째 동생은 언제나 말없이 자기 가족을 거느리며, 조그마한 중소기업을 운영하면서 제 몫의 삶을 충실하게 살고 있고 외동딸은 은행원에게 출가해 나름대로의 삶을 살고 있다.

1991년 나는 만학도로서의 삶을 경성 대학교에서 시작하게 되었다. 회사를 경영하면서 5년 여를 공부한 끝에 공학박사 학위를 받게 되었는데 선친께서 그런 나를 진심으로 기뻐하시는 모습을 보자 그동안의 고생이 일순에 날아가 버리는 것을 느꼈다. 50의 나이에 시작한 공부가 5년만에 끝나고 학위를 받던 날, 축하를 하러 온 회사의 젊은 간부들과 친구들 모두를 선친께서 별도로 초대해, 점심부터 새벽 두 시까지 술을 드셔서 난생 처음 병원에 입원하시는 사건이 있었다.

당시 선친의 연세가 79세였으니 과히 주선의 경지에 오른 분이라고 해도 과언이 아닐 정도였다. 선친의 입장에서는 나를 성공한 기업인으로, 또 그럼에도 불구하고 공부를 쉬지 않는 기업인으로 여겨 무척 자랑스러워 하시는 듯했다.

나 역시 슬하에 3남을 두었다. 늘 긍정적인 사고로 '나는 할 수 있다'는 자신감을 자식들이 가져 줬으면 하는 마음으로 자식들의 교육에 임했다. 또한 나와 인연이 있는 사업을 하려면 자식들도 같은 전공이어야 한다는 마음을 내심 가지고 있었으나 세상은 이미 빠르게 변화하고 있었다.

운영하는 회사가 부산시의 향토 기업으로 지정되자 세간의 이목은 이 회사의 차세대 경영에 대한 관심으로 자연스럽게 높아지게 되었다. 다행히 아들 셋은 나와 같은 전공이 아니라 모두가 자신만의 길을 개척해 다른 분야로 들어섰고 모두들 사업 경영에 자질이 있었는지 제각기 자신의 전공 분야를 살려 자신들의 법인체를 운영하고 있다.

'씨는 뿌린 대로 거둔다' 혹은 '콩 심은 데 콩 나고 팥 심은 데 팥 난다'는 속담이 있다. 내 핏줄 속에 선친의 피가 스며들어 흐르고 있듯이 어쩌면 내 삶의 많은 부분들이 선친의 영향 하에 있고 그런 영향들이 나를 키우고 일으켜 세웠을 것이다.

'자식 이기는 부모 없다'고들 하지만 부모의 그늘을 벗어나 혼자 크는 자식들 또한 없다. 내가 가진 삶의 철학이나 기업관, 세계를 이해하고 긍정하며 이를 바탕으로 자신의 삶을 완성하는 많은 부분들에 선친의 경험과 지혜와 충고가 배어 있을 것이다.

자식에 관한 열성적인 관심과 애정을 가진 이 땅의 수많은 부모들이 어쩌면 당대의 사회를 키워 온 원동력일 것이다. 시대가 아무리 빠르게 변하고 가족에 관한 가치와 전통이 변한다고 해도 이 부모

의 힘은 누구도 거부하지 못하는 큰 흐름이 되어 이 사회를 지탱해
나가리라 믿어 의심치 않는다.

봉사의 기쁨

19 75년, 아버지의 사업 실패로 인해 아무런 계획 없이 부산으로 옮겨와 정착하게 되었던 어느 봄날이었다. 부모님과 아내, 아이들과 같이 도시락을 싸들고 성지곡 수원지로 봄나들이를 갔었다. 그때 내가 만났던 사람들이 자신이 아닌 세상을 위해 봉사하는 사람들이었다. 그들은 라이언스 클럽의 회원들이었는데 화창한 봄날의 휴일이었음에도 불구하고 자신의 가족이 아닌 타인을 위해 봉사하는 모습이 보기 좋았고 내심 부러웠다. 당시의 나는 눈앞의 현실을 헤쳐 나가기가 벅찬 시기였음에도 불구하고 내심 '언제쯤 나는 남을 위해 봉사하는 시간을 가질 수 있을 것인가'하는 생각을 했다.

1978년, 나에게도 봉사 단체인 라이언스 클럽에 가입할 기회가 있었다. 당시의 규정에는 입회가 상당히 까다로운데다 아직은 봉사에 전념할 나이가 아닌 것 같다는 의견이 있어서 나는 세 살이라는 나이를 속여가면서까지 굳이 라이언스 클럽에 가입하게 되었다. 입회 선서를 하고 집에 돌아온 저녁, 아내는 즉각 반대 의견을 피력했다. 집에 연세 많으신 부모님도 계시고 식구들 뒷바라지도 힘든 형편인데 다른 사람의 사정, 즉 세상의 다른 어려운 사람들까지 뒷바라지하면서 살 여유가 있겠느냐는, 아내로서의 당연한 반대였다. 게다가 라이언스 클럽 내에서도 나이가 젊은 사람이 봉사활동을 잘해 나갈 수 있겠느냐는 우려의 목소리가 들리기도 했다.

그도 그럴 것이 당시 라이언스 클럽의 구성원들은 부산 지역에서 막강한 위엄과 권위, 재력을 갖추신 원로급들의 모임인 동래 클럽이어서 누구나 어려워하는 그런 분위기였기 때문이다. 하지만 나는 아내에게 언젠가는 우리도 나이가 들어 저분들처럼 사회를 위해 봉사하는 삶을 살아가려면 지금부터 저분들의 연륜과 지혜를 배워나가야 되지 않겠느냐, 봉사란 금전적인 여유가 있는 사람들만의 전유물이 아닌 누구나 할 수 있고 해야 하는 것 아니겠느냐고 설득했고 마침내 아내의 동의를 얻어 지금까지 32년간 봉사 활동에 동참할 수 있게 된 것이다.

'We Serve! 우리는 봉사한다!'라는 모토Moto와 라이언스 윤리 강령 8조 제2장 '부정한 이득을 배제하고 정당한 방법으로 성공을 기원한다'와 8장 '남을 비판하는 데 조심하고 칭찬하는 데 인색하지 아니하며 모든 문제는 건설적인 방향으로 추진한다'는 조항은 내 마음을 강하게 움직였다. 이는 내 삶의 원동력이자 원칙이어서 나는 이를 바탕으로 늘 올바르게 살아 오고자 애써 왔다.

동래 라이언스 클럽에서 많은 것을 배웠던 나는 김문곤, 문현덕, 문병조 등 33인과 함께 1992년 2월 금정 라이언스 클럽의 창립 회원Charter Member이 되어 일본의 국동國東 라이언스 클럽과 자매결연을 맺음과 동시에 신생 클럽의 봉사 활동을 시작했다.

일반적으로 봉사란 금전적 여유가 있는 사람들이 행하는 선한 일로 생각하기 쉽다. 하지만 금전적 봉사만이 아닌 노력 봉사, 시간 봉사, 교육 봉사 등 누군가가 사회를 위해 자신을 헌신할 의지를 갖기만 하면 다양한 형태의 봉사가 존재한다는 걸 알게 될 만큼 봉사의 방법은 다양하다. 다만 '오른손이 하는 일을 왼손이 모르게 하라'는 순수한 정신이 동기와 바탕이 되어야 한다.

봉사의 즐거움이란 겪어 보지 않은 사람은 알 수 없는 것이다. 나 자신 비록 이렇다 하게 내세울 만한 큰 봉사를 해 온 것은 아니지만 항상 마음 속에 사회와 사회 구성원에 관한 존중과 배려의 마음을 갖고 있었고, 그런 마음을 작게나마 실현하고자 하는 의지를 가지고 실천해 왔기 때문에 오늘날의 내가 있지 않았나 하는 생각을 하고 있다. 그런 30년 세월의 봉사의 결과로 평생회원이 되는 명예를 얻기도 했으나 그건 내가 갖는 작은 기쁨과 즐거움에 비하면 아무 것도 아니다.

라이언스 클럽에 신입 회원이 들어오면 항상 나는 라이언스의 윤리 강령에 의한 나의 삶이 가졌던 경험들을 이야기해 주곤 한다. 봉사란 사회와 더불어 자신 또한 올바르게 성장할 수 있는 귀중한 경험이라는 것을 알게 해 주고 싶기 때문이다.

내가 속한 금정 라이언스 클럽에서는 오래 전부터 좀 더 뜻을 같이 할 수 있고 또 한 달에 한 번이라도 더 만날 수 있는 사람들을 중심으로 별도 모임인 초우회草友會가 생겨나 활동하고 있다. 이 모임의 뜻을 좋게 여긴 일본의 국동國東 라이언스 클럽에서는 따로 무궁화 클럽이라는 조직을 만들어 라이언스 클럽과는 별도로 서로 왕래하면서 정을 나눈 지 벌써 20년이 되었다.

봉사하는 삶이란 인종도 국경도 초월한다는 걸 이들로부터 새롭게 배우고 있는 중이다. 사회적 삶이란 결코 나 혼자만의 것이 아니라 여러 다양한 사람들이 어우러져 서로의 빈 곳을 채워 가면서 함께 살아 가는 일이라는 것을 나는 봉사 활동을 통해서 배웠다. 그건 한 사회에 속한 한 개인의 삶에서 무엇보다 소중한 일이라는 것을 알고 있으므로 더 다양한 사람들과 만나 더 많은 봉사의 기쁨을 나누고 싶은 마음 지금도 여전하다.

권위와 위엄을 자랑하는 동래 클럽 내에서 40대의 라이언 12명이 월정회月正會란 별도 모임을 만들어 봉사와 친교의 신선한 바람을 불어넣기도 하였고 이제는 모두가 클럽을 그만두었으나 SSCP의 오주언 회장, (주)한국 웰드몰드 이종묵 회장, (주)동우산업의 김철곤 회장 등은 아직도 현역에서 왕성한 활동을 하고 있다. 25년이 지난 지금도 우리는 매월 12일마다 만나 봉사의 추억을 되살려보곤 한다.

트리플 인생

부산 유일의 종합 경제단체인 부산 상공회의소는 부산 상공인의 종합적인 발전과 개선, 지원 등을 하면서 상공업계의 권익을 대변하고 회원 상호 간의 교류 협력을 위한 사업을 목적으로 하는 곳이다. 이곳에는 회의소의 의결기관인 의원부가 있어 임기 3년의 상공회의소 의원이 선출되며 현재는 20대의 의원부가 활동하고 있다.

나는 2005년 (사)부산 이업종교류연합회 회장이란 직능 단체장으로 19대 의원으로 참여해 2대에 걸쳐 6년 여를 115명의 의원들과 상공회의소의 주어진 일들을 하면서 친교를 맺어 오고 있다. 상공회의소의 의원들은 부산을 대표하는 기업가, 각 산업 분야의 최고 권위를 가진 사람들이며 어떤 한 분야에서 기업으로 일가를 이룬 분들이다.

부산 상공회의소 소속의 구성원들의 면면을 살피다 보면 몇 가지의 공통점이 있다. 우선 이들은 모두 대단히 긍정적인 사고방식을 가진 분들이라는 것이다. 이들은 공통적으로 하면 된다는 강한 자신감을 가진 사람들, 말하자면 코끼리를 냉장고에 넣을 수 있을 정도의 사람들이라는 점이다. 물론 코끼리를 냉장고에 넣기 위해서 이루 말할 수 없는 다양한 어려움들을 겪어 왔으리라는 건 쉽사리 미루어 짐작할 수 있다.

하지만 이런 어려움에 굴복당하지 않고 끝까지 싸워 이겨낸 사람들이니 기업을 하는 사람들에게 긍정적인 사고와 자신감은 얼마나 큰 비중을 차지하는 덕목인지를 알 수 있다. 또 하나, 이들이 이루어 낸 기업은 거의 대부분 자수성가에 의한 것이라는 점이다. 부모로부터 물려 받은 기업을 자신의 대에서 이끌어 나가는 것이 아니라 순전히 자신의 힘, 자신의 능력만으로 일구어 낸 사람들이 대부분이다.

이분들의 이력 또한 다양해서 구멍가게에서부터 시작한 분, 말단 직원에서 출발한 분, 자신의 아이디어 하나로 성공을 이룬 분, 누구도 따르지 못할 자신만의 독특한 고집을 가진 분 등 다양한 환경을 바탕으로 해서 끝내 자신의 신념대로 기업을 일구어 내신 분들이다. 어쩌면 나 자신 이분들의 반열에서 제외될 수도 있을 만한 기업 구조이긴 하지만 분야가 서로 다르고 입장이 상반된다고 하더라도 기업을 일구기 위한 과정과 고통은 거의 공통적인 것들이어서 쉽사리 많은 공통분모들을 공유하며 나눌 수 있었다.

그러다보니 자연스럽게 서로 정을 주고 받을 뿐만 아니라 나 자신은 이분들과 교류를 나눌수록 더 많은 경륜과 지혜를 배울 수 있었던 것도 사실이다. 그러니 내게는 이분들과의 교류가 기업적인 측면에서 또 삶적인 측면에서 무척 소중한 자산이 되고 있음에 늘 감사하는 마음을 가진다.

최근 이분들은 공통적인 고민 하나를 서로 나누고 있다. 이른바 트리플 라이프의 운영에 관해서다. 트리플 라이프란 인생을 세 단계로 구분한 뒤 나름의 성공적인 삶을 설계하는 방식을 말한다. 즉 태어나서 30세까지는 부모님의 영향 하에서 인격을 형성하는 시기, 30세에서 60세까지는 60세 이후를 값지게 살기 위한 준비의 시기, 60세에서 90세까지는 지금까지 이루어온 인격의 완성과 경제적 완성을 합쳐 아름답고 조화로운 여생을 살기 위한 시기라는 뜻이다.

유교 전통이 여전히 무의식 속에 짙게 배어 있는 한국 사회와 한국인의 심성은 지금까지 여생이라고 하면 말 그대로 餘生, 즉 남은 인생이란 뜻으로 부정적인 느낌이 강한 단어였다. 그러나 지금은 여생에 관한 인식이 많이 바뀌었다. 열심히 살고 남은 삶의 시간들을 하릴없이 소비한다는 뜻의 여생이 아니라 麗生, 즉 아름답고 화려한 생을 의미한다. 태어나 60이 되기까지 자신이 이루어 놓은 모든 것을 동원해 자신이 미루어 놓았던 꿈을 능동적이고 적극적으로 실현시키려는 세대의 시간을 말하는 것이다.

얼마나 많은 사람들이 오로지 자신의 가족과 직장과 자신이 속한 사회를 위해서 모든 것을 희생한 삶을 살아 왔는지는 구구한 설명이 필요 없을 터이다. 가슴 한쪽에 늘 잠재해 있으면서 꿈틀거리던 자신만의 소중한 꿈들은 자신의 일과 동시에 펼치기엔 너무도 바쁘고 힘든 시간들, 최선을 다해 치열하게 살아 내지 않으면 숨가쁘게 펼쳐지는 경쟁에서 밀려날 수밖에 없는 현실을 누구나 살아 와야만 했기 때문이다. 그런 폭풍 같은 시기를 지나고 이젠 꿈꾸던 자기 자신만을 위한 삶을 살아도 좋은 시기를 맞이하게 된 것이다. 누구나 꿈꾸던 이 麗生의 시간들을 어떻게 알차고 보람있는 시간으로 설계하고 실천할 것인가에 관해 이제야 구체적으로 고민하고 있는 중이다.

경영하는 사업의 분야가 다르고 살아온 삶의 궤적이 서로 닮지 않았다고 하더라도 상공회의소에서 만나 교류하는 분들의 고민은 거의 대동소이하다. 자신만을 위한 麗生이 아닌 서로 나누고 공유하며 화려하고 아름다운 가치를 지닌 삶을 살기 위한 생각들을 나는 이분들과 함께 늘 고민하고 대안을 제시하며 의견을 듣는다. 이분들의 고견과 지혜와 풍부한 경륜은 내게 무척 소중한 자산이고 이런 자산을 내게 나눠 준 분들에게 나는 늘 감사한 마음을 갖고 있다.

늦은 아침 승용차를 타고 출근을 한다. 회사까지 약 1시간의 시간을 차내에서 이런저런 생각에 잠기기도 하고 밤새 설친 잠을 청하기도 하노라면 어느새 회사에 도착한다. 골프 약속이 없으면 대부분 회사에 출근해서 신문과 책을 보기도 하고 한 달에 한 번 꼴로 있는 경제 단체 특강이나 세미나 등에 참석하기도 한다. 대부분 총무로 시작해 부회장, 회장이 된 단체의 일들을 보면서 대학이나 경제 단체의 특강 요청이 있으면 강의 준비를 하다 보면 점심 시간이다.

대개의 경우 구내 식당에서 식사를 하지만 내왕한 손님이 있으면 인근 식당에서 식사를 하기도 한다. 오후 세 시쯤이면 퇴근해 스파에서 운동을 하거나 휴식을 하고 술자리가 없으면 곧장 귀가하든지 아니면 아내를 불러 밖에서 식사를 해결하고 귀가하는 생활, 이 정도가 요즘의 근황이다.

　나의 기업 인생 30여 년, 밑바닥부터 시작해서 오늘에 이르기까지 열심히 살아온 시간에 자부심을 가지고 있고 더 이상의 미련도 욕심도 없지만 그러나 마음 한구석을 떠나지 않는 불안과 걱정 그리고 가슴에 쌓이는 잔소리들이 있어 그것들에 관해 곰곰이 생각을 해 보곤 한다. 내 마음 속에 쌓이는 이런 생각들은 과연 무엇일까? 평생을 바쳐 온 분신 같은 회사는 신진 세대에게 깨끗이 경영권을 이관한 후 잘 운영하고 있지 않은가. 잘하든 못하든 이제 새로운 경영권자가 모든 책임을 맡아 열심히 하고 있고 또 그렇게 하기 위해서 모든 것을 버리지 않았는가? 그런데도 왜 여전히 불안과 걱정과 잔소리가 쉽사리 가시지 않는가?

　이것은 아마도 아직까지 나의 몸과 마음 속에 자리한 회사에 대한 막연한 기대와 못 다한 일들에 대한 미련이 깨끗이 사라지지 않았기 때문일 것이고, 평생을 열심히 일한 대가로 편히 살고 있어도 내 자신이 평생 처음으로 별 역할도 없이 혼자만 호사를 누린다는 강박 관념이 이러한 현상으로 나타나는 것이리라 생각한다.

　한편으로는 이렇게 자신의 마음을 다독이지만 마음의 반대 쪽에서는 내가 가진 30년의 경험과 연륜이 좀 더 회사를 발전시키기 위한 힘이 되지 않을까 하는 아쉬움 때문이기도 한 것 같다. 나의 경륜과 지혜가 신진 세대의 패기와 어우러져 조화를 이룬다면 내가 가진 걱정은 그저 잔소리가 아니라 기업 발전을 위한 긍정적인 충고가 되어 이상적인 경영 방식에 접근할 수 있지 않을까 하는 미련을 가지기도 한다.

회사의 창업주로서 절대 회사를 버릴 수도 놓을 수도 없다는 신념을 가지고 있는 기업인은 비단 나뿐만이 아닐 것이다. 시대가 변했고 사회가 빠르게 정보화 사회로 이동하고 있다고 해도 기업 경영은 정보만으로 이루어지지 않는 인간 체계의 근본을 들어야 한다는 게 우리 세대 기업인들의 믿음일 것이다.

새가 한 쪽 날개가 아닌 양쪽 두 개의 날개가 있어야 날 수 있는 것처럼 사회와 기업 또한 마찬가지일 것이다. 나무가 땅 속에서 깊고 힘차게 땅을 움켜쥔 뿌리와 그 뿌리에서 자라난 몸피와 가지로 이루어져 성장하듯이 한 사회와 하나의 기업 또한 모든 세대가 조화롭게 이루어야만 비로소 제 기능을 다하고 제 역량을 발휘할 수 있다.

무거운 것과 가벼운 것, 새로운 것과 오래된 것, 젊은 세대와 나이든 세대, 서로 가치관도 사고 방식도 세계관조차 다른 두 개의 개념이라고 해도 그것은 장애나 장벽이 아닌 서로 조화롭게 어우러져야 하는 것이라는 생각을 한다. 그것은 세상을 움직이는 두 개의 날개, 네 개의 바퀴와 같은 것이다. 그래야 세상은 더 나은 곳을 향해 힘차게 앞으로 나아갈 수 있다.

나의 근황은 이제야 맞이한 휴식의 시간을 그저 편안하고 느긋하게 즐기기만 하는 게 아니라 어쩌면 아직도 새로운 삶의 시간을 모색하는 나날인 것 같다. 이런 습관이 평생을 쉬지 않고 일해 온 사람 특유의 강박 관념인지, 혹은 놓아버리기 힘든 습관인지 알 수 없지만 나의 시간은 전혀 멈출 생각을 하지 않는다. 그러나 이제부터 나는 나의 세대가 가져야 할 새로운 역할, 새로운 의식의 패러다임에 관해서도 과감히 버리고 오로지 야속하리만큼 철저히 마음의 여유, 생활의 여유를 가지자고 하루에도 몇 번씩 다짐한다.

오복에 하나 더한 복

수壽, 부富, 강녕康寧, 유호덕攸好德, 고종명考終命. 즉 壽는 장수하는 것, 富는 부유한 삶을 영위하는 것, 康寧은 우환이 없이 편안한 것, 攸好德은 덕을 좋아하며 즐겨 덕을 행하려고 하는 것, 考終命은 천명을 다하는 것, 이것이 동양 유학의 경전인 서경의 주서周書 홍범洪範편에 나오는 오복五福이다.

인간의 삶이 누릴 수 있는 이 다섯 가지 행복의 조건에 나는 언제부턴가 하나를 더해 인복이라는 항목을 넣어 두고 있다. 인복이란 살아 가면서 자신에게 도움을 주는 사람들을 만나거나 가까이 할 수 있는 복을 말하는 것이다. 어떤 한 사람이 자신의 삶에서 이 다섯 가지의 오복을 다 갖추었다고 하더라도 인복이 없으면 자신이 가진 오복은 한순간에 무너질 수 있는 것이라 생각되므로 인복이야말로 어쩌면 가장 중요한 복이 아닐까 생각한다.

복이란 누구든지 아무렇게나 가길 수 있는 덕목이 아니다. 그래서 사람들은 이렇게 말하곤 한다. "저 사람은 복을 타고났어" "저 사람은 지지리도 복이 없는 사람이야" 혹은 "복 많이 받으세요" 라고. 복이란 그만큼 살아 가면서 인생에 빠뜨릴 수 없이 중요한 것이라는 걸 말해 주는 부분이기 때문일 것이다. 나 자신 아직 살아 가야 할 날들이 많이 남았으므로 자신있게 말할 수는 없지만 그나마 비교적 이 오복이라는 것을 많이 받은 편이 아닐까 생각한다. 그 중에서도 나는 인복이 없지 않다는 점에 관해서는 적잖이 안도하고 감사해하는 편이다.

예를 들어 70~80년대의 제약 업체는 어디라고 할 것도 없이 정상적인 기업 형태가 되지 못한 구조를 갖고 있어서 끊임없는 고발과 투서가 난무하는 힘든 시기였다. 그러니 제약업을 하는 사람치고 한두 번쯤 고통을 받지 않은 사람이 없을 뿐만 아니라 이로 인해 회사의 존폐 위기까지 간 회사도 있을 정도였다.

이런 혼란 속에서도 나는 한번도 큰 사건을 겪은 바 없고 회사의 임직원 또한 거의 대부분 정년을 마치고 난 후에도 언제나 정을 가진 채 안부를 주고 받는 좋은 관계를 유지하고 있다. 나를 대신해 불철주야 나의 발 노릇을 하며 운전을 해 주신 분들 역시 한번 인연을 맺으면 적어도 10년 이상 같이 생활하며 한 가족이 되다시피 해서 30년 동안 불과 3~4명이 교체되었을 뿐이니 이 또한 내게 분에 넘치는 인복이 있었기 때문이지 않을까 생각한다. 회사는 물론 사회

생활 전반에 걸쳐 많은 분들이 항상 옆에 계셔서 크고 작은 도움과 격려를 받아 왔으니 감히 나는 인복이 많은 사람이라고 해도 괜찮지 않을까 싶다.

한국적 대인 관계는 서양의 그것과는 다르게 대부분 단체, 뜻을 같이 하는 사람들의 모임, 취미 생활을 같이 하는 모임, 동문회 등으로 이루어지고 그 속에서 끈끈한 정이 흐르기 마련이다. 나 역시 이와 별반 다르지 않게 이러한 범주 내에서 인간 관계가 형성되어 왔고 이루어져 왔다. 내 삶에서 결코 잊을 수 없는 사람들, 나 자신 스스로 인복이 있음을 깨우쳐 준 사람들을 기억해 보는 시간은 소중하고 행복하다.

오늘날 내가 제약업의 길을 걸을 수 있도록 동기 부여를 해 준 유니온 제약의 장문식 회장, 일신 산업의 하기성 회장을 잊지 못한다. 대한민국 사람이라면 누구나 갖고 있는 중학교 동창회의 여만종 회장, 고등학교 동창회의 김기석 회장, 대학 동문회의 삼진제약 조의환 회장, 경성대학 박사 동문회의 빈재훈 박사, 30여 년간을 한달도 빠짐없이 만나고 있는 동심회의 전수일 원장, 역시 30여 년의 역사를 가진 월정회의 월드몰드 이종묵 회장, 초우회의 문병조 회장, 약업계의 모임인 경우회의 세명약품 정창수 회장, 매월 넷째 주 월요일에 꼭 만나는 사월회의 삼원약품 추기엽 회장, 일본 기업인 3명과 한국 기업인 4명이 30년간 지속해 온 바보회B.B.솔의 오쿠라

케미텍 다가하시 마사히로 회장, SSCP의 오주언 회장, 을숙도의 배혜자 회장, 일산의 하재기 회장, 문종술 변호사, 88세까지 건강하게 골프를 하자는 취지로 이름도 미수회로 지은 무학그룹 최위승 회장.

경북·대구 출신 기업인 모임 경구회의 태금정 이윤희 회장, 한국해양대학교 오거돈 총장, 신라대 정홍섭 총장, 이업종 교류연합회의 리노공업 이채윤 회장, 신일전기 박두경 회장, 창원 엔지니어링 김현철 회장, 부산과학기술 협의회의 김인세 부산대 총장, 권용보 국제신문 사장, 손동운 연구소장, CTO평의회의 BN그룹 조성제 회장, 동화엔텍 김강희 회장, 이원 솔루텍 최범영 회장, DSE 허인구 회장, 거성ENG 신재철 회장, 바이오 기업협회의 김양춘 회장, 경북지방행정 동우회 김수생 회장, 신정택 상공회의소 회장, 유일고무 남정태 회장, 신일건구 김종정 회장, 상공회의소 과학기술 분과위원회, 대림기업 이효건 회장, 불교문화방송의 박순곤 회장, 동신유압의 김지 회장, NK 박윤소 회장, 동진산업기술의 김규식 회장, 일구회의 대경T&G 박용수 회장, 이구회의 대륙금속 박수복 회장, 부상회의 송정석 삼강금속 회장, 아름다운회의 윈스틸 송규정 회장, 칭화대 한국 캠퍼스의 에스텍 시스템 박철원 회장, 영광도서 김윤환 회장,

신변잡기의 즐거움을 같이 하고자 노력하는 금영의 김승영 회장,

대원플러스 건설의 최삼섭 회장, 명진 TSR 조용국 회장, 동주선박 김이행 회장, 인쇄협동조합 노길용 회장, 동일금속의 강성천 회장, 김상용 교육대학 총장, 스타코 이동형 회장, 육육 로지스틱스의 이상권 회장, 중앙해사 이해영 회장, 그린조이 최순환 회장, 경보 종합건설 김상덕 회장. 신우사의 문현덕 회장, 대양전장 서승오 사장, 상공회의소 민영기 사무처장, 일본 무궁화회의 Yoshizaki Atsushi 회장, 일본 동아약품 Takashi Mazuda 회장, 일본 스노덴 Yoshizo Asukabe 회장.

　단체, 협회, 모임의 회장님 이하 모든 회원님들이 가까이 있어 항상 즐겁고 많이 배우고 생활의 활력소가 될 수 있으니 나는 여섯 개의 복중 인복이 가장 많은 사람이라고 감히 자랑할 수 있겠다. 사람에게 사람만큼 아름다운 존재, 아름다운 재산은 더 이상 없다. 나의 삶을 알차고 풍성하게 만들어 주신 이 아름다운 분들에게 진심을 담아 감사의 마음을 전하고 싶다.

제 4 부

이백천과 바이넥스

"단 하나의 약품을 만들더라도 바이넥스에서 오리지널 의약품 하나는 만들어야 한다는 일념으로 회사를 이끌었습니다."

"지역 대학 연구물 사업화에 최선 다할터"

생물 산업단지 조성 등 과제 적극 추진

인적 · 물적 자원 활용 부가가치 극대화

"세기 성장 동력산업으로 지정된 바이오 산업을 육성하기 위한 정부의 예산이 대학의 연구용에 그치지 않고 산업화로 연결될 수 있도록 최대한 노력하겠습니다."

오는 28일 출범하는 부산 생물산업협회의 초대 회장직을 맡게 되는 이백천(62) (주)바이넥스 사장은 지역 생물산업의 실질적 구심체 역할을 담당하는 협회를 중심으로 대학, 시, 연구소, 기업을 연계시켜 부산 경제의 발전을 도모하는 데 앞장서겠다고 강조했다.

협회는 지난 2002년 8월 설립을 위한 준비 회의를 연 지 2년만에 정식 업무를 시작하게 된다. 지역 바이오 업체와 교수 등 100여 명의 회원으로 구성된 협회는 기업을 중심으로 움직이며 30여 명의 바이오 전공 교수가 개인 회원 자격으로 참여하고 있다.

이 회장은 "지역에 어떤 업체가 있는지조차 파악하기 어려워 협회를 설립하는 데 따른 준비 기간이 길어졌습니다"라고 설명했다. 그만큼 관련 업체들이 산재해 있으며 기업체는 자기 사업에만 열중했고 대학은 연구만 하다 보니 기술력을 바탕으로 한 발전이 더딜 수밖에 없었다는 것이 그의 분석이다. 그는 "자체 조사 결과 지역 13개 대학에서 특허를 획득한 연구 결과물이 300여 건에 이르며 이 중 100개는 사업화를 제안한 것으로 나타났으나 기업체가 이 같은 사실을 잘 모른다는 것이 현실"이라고 지적하고 지금부터라도 확실한 '연결고리' 만들기에 나서겠다고 밝혔다.

지역 바이오 산업 발전의 구심점 역할을 하게 되는 부산 생물산업 협회에는 부산 전체 400개 업체 중 대선주조, 아마란스 화장품, 비락, F&F, 아남약품, 바이오 인센스 등 50여 개 사가 참가하며 사무국은 부경대 바이오 기업 지원 센터 내에 두기로 했다.

협회는 출범 이후 △생물 산업단지 조성 △기술교류사업 지원 △해외자금 유치 △공통 애로기술의 공동개발 및 연구 △정부자금 신

청 정보 제공 및 대행 △국제 협력 및 정보 교류 확대 등을 사업 과
제로 선정, 본격적으로 추진할 예정이다.

이 회장은 "부산에는 연간 1,000여 명의 학생들이 대학에서 배출
되고 석·박사급 교수진 700명과 연구 기관 13개 및 대학이 42개나
됩니다. 또 원자력 의학원 등 굵직한 인프라 시설도 곧 들어서게 되
죠. 그만큼 기본 인프라는 탄탄하다는 뜻이며 이를 잘 활용하면 부
가가치를 극대화할 수 있을 것"이라고 밝힌 뒤 협회는 △생물 의학
△바이오 식품 △생물 화학 환경 등 3개 분과로 나누어 각종 활동을
진행하며 대학교수는 전공 분야에 분산 배치돼 기업과 공동 연구하
는 체제를 갖추게 된다고 말했다.

특히 그는 산재한 생물산업 관련 지원기관을 기업이 평가할 수 있
는 시스템을 만드는 데 주력할 예정이라며 기업 중심의 평가 제도
를 확립해야만 정부 지원의 효율을 높이고 경제 효과를 극대화할
수 있다고 주장했다.

이 회장은 "지역의 바이오 산업은 부산 제조업의 7~8%를 차지할
만큼 비중이 크다"면서 "관련 산업들을 결집시켜 경쟁력을 높이고
대학의 연구물을 산업화할 수 있는 토대를 만들어 경제를 활성화하
는 민간 단체로서의 역할을 다할 것"이라고 덧붙였다.

2004. 6. 국제신문

잘나가는 강소(強小)기업

– 연구개발 강점인 전문제약 기업 (주)바이넥스

"국내 제약업은 사실상 '포장' 단계에 불과했다.

이제는 연구 개발을 강화해 독자 기술을 확보해야 한다."

기 술 개발을 강조하는 이백천 바이넥스 회장(65)의 제약 산
업에 대한 신념이다. 이회장이 이끄는 바이넥스는 부산에
위치한 전문 제약 회사.

옛 순천당제약으로 시작해 2000년 바이넥스로 상호를 변경했
다. 2001년 코스닥에 상장, 공개 기업으로 변신했다. 회사 공개 이
후에는 제약 사업뿐 아니라 생명공학 사업으로 영역을 확장, 부산
지역을 대표하는 벤처 기업으로 성장했다.

현재 부산 지역을 중심으로 전국적인 영업망을 갖췄다. 바이넥스

의 성장세는 놀랍다. 2004년 157억 원을 기점으로 매년 매출과 순이익에서 20%이상 고속 성장을 지속하고 있다. 지난 해엔 매출 245억 원에 영업 이익 33억 원을 기록했다. 올해에는 매출300억 원을 목표한다.

상장 이후 고성장을 거듭하고 있는 배경에는 이회장의 선택과 집중 전략, 그리고 연구 개발에 대한 노력이 있다. 이 회사 김민경 PM은 "과거 다양했던 제품을 정장제와 소염 진통제, 당뇨병 치료제 등 경쟁력이 있는 제품에만 집중했고, 영업 조직을 강화한 결과"라면서 "연구 개발을 강화한 것 또한 실적으로 이어지고 있다"고 밝힌다.

170여 명의 직원 중 연구직이 30여 명에 이른다. 다른 소형 제약사에 비해 연구직 비율이 높은 편이다. 연구 개발 투자 비율 또한 매출액 대비 10%를 넘어선다. 중앙 연구소와 천연물 연구소 두 곳을 운영중이다.

이백천 회장은 약대를 졸업, 신약 개발에 대한 의지가 상당하다. 현재 바이넥스의 대표 품목이라고 할 수 있는 자체 브랜드 제품 비스칸(정장제) 또한 연구 개발의 산물이다. 각종 전문 의약품의 성과와 연구 개발 노하우를 바탕으로 바이넥스는 바이오 신약 개발 사업에 매진하고 있다.

이미 암 면역 세포 치료제 'DC-Vac/EP-L 및 DC-Vac/IR' 등의 임상시험을 종료하고 제품화를 준비중이다. 세포 치료제 분야는 항암제 시장에서 각광받을 것으로 기대되고 있다.

바이넥스는 중앙 연구소를 중심으로 생명 공학 기술 확보에 총력을 기울여 암 면역 치료제 임상 허가와 세포 치료제 임상 허가를 단기간에 따내 업계를 놀라게 하기도 했다.

중앙연구소 · 천연물연구소 갖춰

부산에 위치한 지역적 특성을 살려 '물고기병 백신 개발' '양식 어류용 사료첨가제 개발' 등 지역 특화 사업에도 앞장서고 있다. 수도권을 제외한 지방에선 처음으로 세포 조직 보관 은행 사업에도 뛰어 들었다. 세포 은행은 정상인이나 암 환자의 면역 세포 등을 따로 떼어 보관했다가 질병 발생 시 세포를 분화 증식시켜 치료에 적용하는 시스템이다. 암 면역 세포 치료제 사업과 맞물려 있다.

2001년 8,400달러 수준이던 수출도 지난 해엔 72만 달러로 급증했다. 올해에는 100만 달러 달성을 목표할 정도. 동남아 지역을 바탕으로 남미와 아프리카 등으로 수출 국가를 다변화하는 작업도 진행중이다. 회사 측은 "매출과 순이익이 빠르게 성장하고 있고, 세포 치료제 사업이 상용화되면 내년에는 매출 400억 원 돌파도 가능하다"고 주장한다.

정효진 부국증권 연구원은 보고서에서 "바이넥스는 우수한 수익 구조를 갖고 있고 고령화로 인한 의약품 수요 증가로 안정적인 매출을 이어갈 것으로 기대된다"면서 "세포 치료제 매출이 본격적으로 증가하기 위해선 적응증 확대와 임상 자료 축적 등이 필요할 것으로 예상된다"고 분석한다.

2007.6 매경 ECONOMY

CTO와의 만남 〈2〉

- 자체 신약 개발 바이넥스 이백천 사장

"BT산업 부산서 얼마든지 가능"

R&D 집중 투자, 클러스터 이끌 유망 기업

전국 두 곳뿐인 '우수 약품 제조 시설' 갖춰

폐암 · 대장암 치료제 지역대와 공동 개발

기술 경영으로 부산 경제를 견인하고 있는 최고 기술 경영자 CTO와 관련 교수 및 연구자들과의 두 번째 만남이 지난 25일 부산 사하구 장림동 (주)바이넥스에서 이루어졌다. 부산 과학 기술 협의회 산하 산학연 발전위원회위원장 · 전호환 부산공대 교수가 주관한 이날 행사에는 의학 · 약학 · 생명공학 관련 교수 및 연구자 50 여 명과 동아엔텍 김강희 회장, (주)금영 김승영 회장, 거성 종합건축사 신재철 사장 등이 참석했다. 사회는 부산 과학기술 협의회 CTO평의회 간사인 이채윤 리노공업 사장이 맡았다.

회사소개 : 작지만 모든 것을 갖췄다.

25일 오후 4시. 겨울 비가 부슬부슬 내리는 날씨였지만 부산 지역의 내로라하는 BT바이오 기술 관련자 50여 명이 (주)바이넥스 회의실로 하나둘씩 모였다.

1,000평 규모인 3층 회사 건물 안에는 중앙 연구소와 제조 공장이 있다. 특이한 것은 내부 구조가 연구동은 3층이지만 제조 공장은 2층 구조라는 것. 의약품을 만드는 제조 공장은 무균 청정 상태에서 각종 의약품을 생산해야 하기에 바닥과 천정에는 공기 정화기 등 각종 시설이 들어 있어 2층 높이가 연구동 3층과 같다.

이 제조 공장은 바이넥스의 심장이다. 우수 의약품 제조시설을 일컫는 GMPGood Manufacture Practice, 우수 의약품 생산 기준인 KGMP와 우수 원료 의약품 생산 기준인 BGMP로 각각 인정받은 '3관왕' 시설. 여기서 150여 종의 의약품과 의약품 원료를 생산하고 있다. 특히 암 치료제를 직접 생산할 수 있는 GMP 시설은 지난 2003년 식품 의약청의 허가를 받아 설치했는데 국내에는 동아제약과 바이넥스 2곳뿐이다.

이 회사에 근무하는 임직원 150명 가운데 10%인 15명은 중앙 연구소 소속 석 · 박사급 연구원이다. 지난 해 매출액 157억 원 가운데 연구 개발비R&D도 8%를 차지하고 있다. 인력이든 자금이든 회사가 가진 힘의 10%는 연구 개발 쪽으로 돌리는 것이다. 회사의 분위기는 연구원이든 임원이든 생산라인 종사자들이든 직책과 관계없이 '차세대 성장 동력 산업인 바이오 산업을 부산에서 일으키자'는 인식을 공유하고 있다.

정부 기관이나 부산시, 또는 대학에서 'BT를 일으키자'는 구호는 익히 들었지만 개별 기업이 경영 혁신이나 이익 극대화 등의 구호가 아닌 차세대 성장 동력을 논의하는 자체가 인상적이다. 지난 1957년 순천당제약으로 시작한 이 회사가 현재 '부산 지역 바이오 산업 클러스터 조성'을 가능하게 할 주요 기업으로 손꼽히고 있기 때문이다. 연간 매출 150억 원대의 이 회사가 현재 개발하고 있는 것은 놀랍게도 '폐암 세포 치료제DC-Vac/EP-L'와 '대장암 세포 치료제DC-Vac/IR'이다. 이미 초기 개발 단계를 지나 부산대 병원과 동아대 병원에서 임상 실험을 진행하고 있다.

자체 개발한 '오리지널' 약품

바이넥스가 경쟁력을 갖출 수 있었던 가장 큰 원인은 '오리지널' 덕택이다. 오리지널은 외국 의약품 제조 기술을 복제하지 않고 자체 기술로 개발한 의약품을 말한다. 바이넥스는 1995년 장腸기능을 정상으로 되돌리게 하는 미생물 분리 기술을 개발했다. 살아 있는 이 균은 요구르트의 유산균과 같은 생균이어서 화학 원료로 만든 약품과는 차원이 다르다. 2001년부터 시판된 이 제품의 이름은 「비스캔」. 이 한 가지로만 연간 30억 원의 매출을 올리고 있다.

'오리지널' 신약 생산은 「디시백DC-Vac」에서 절정을 이룬다. 「디시백」은 수지상 세포Dentritic cell라는 인체 내 특이한 세포를 이용하는 신기술이다. 한마디로 환자의 종양암 세포를 추출해 항원을 제거한 후 이를 다시 환자에게 주입해 종양의 재발을 막아 주는 획기적인 치료제이다. 이 치료제는 암 세포가 소량 남아 있게 되는 기존의 수술 항암제 방사선 등 항암 요법과는 달리 완치 효과를 더욱 높일 수 있다는 게 바이넥스의 설명이다.

「디시백」은 주로 폐암, 대장암 치료제로 개발되며 부산대 병원, 동아 의료원에서 임상 실험중에 있다. 디시백/이피엘EP-L은 단순한 항암 치료뿐만 아니라 향후 차세대 치료 요법인 자가 세포 치료제 시장을 이끌어 나갈 신약으로 평가된다. 이백천 사장은 "「디시백/이피엘」, 「디시백/아이알」 등 「디시백」 시리즈는 바이넥스가 주력으로 삼고 있는 신약"이라며 "앞으로 각종 감염성 질환으로 응용될 가능성이 무궁무진한 최첨단 생명공학 제품"이라고 밝혔다.

바이넥스는 지난해 12월 6일 특허청으로부터 「옥시라세탐」 제조방법'에 관한 특허도 받았다. 「옥시라세탐」은 뇌혈관 질환과 뇌손상 등으로 발생하는 인식기능, 기억력, 언어행동 장애 등의 개선에 사용되며 노인성 치매에도 효험이 있는 물질이다.

바이넥스는 이 물질을 간편하고 효율적으로 생산할 수 있는 제조 방법을 2년간 3억 원을 투자해 개발했다. 또 동물의 산란율과 출산율을 증가시키고 폐사율을 줄이는 효과를 가진 물질「바실러스 폴리퍼멘티쿠스」를 함유한 동물용 사료의 특허도 받았다.

발전 원동력 : 산학연 협력

바이넥스는 중소기업으로는 드물게 국책 연구개발 사업을 8개나 진행하고 있다. 모두 경성대, 동아대, 동의대, 부경대, 부산대 등 부산권 대학과 함께 수행하고 있다. 이 가운데 바이오 신약 개발, 지역 특화 기술개발, 지역 혁신 특성화 시범사업, 지역산업 중점 기술개발 사업 등 4개는 바이넥스가 주도적으로 이끌고 있다.

폐암·대장암,면역 치료제, 미생물 개발 통한 양식용 사료 및 기능성 식품 신소재, 첨단 재조합 어병백신 개발 등이 여기에 포함돼 있다. 또 인체 줄기 세포를 이용한 조직 재생 연구, 해양 생물을 이용한 항암 및 면역 활성소재다당제 개발 및 산업화, 세포 치료·재생의료·장기복제 이식기술 개발, 암 분자 치료 연구센터 건립 등 4개 사업은 부산대, 신라대, 동아대 등 부산권 대학의 협력 기관으로 참여하고 있다. 이 사장은 "향후에도 지속적으로 산·학·연 공동으로 신약 후보 물질 탐색 및 개발에 박차를 가할 것이다"라고 말했다.

2005. 1 국제신문

이백천 사장은 누구
- '발로 뛰는 경영' 올바른 산학 협동 제시

CTO Chief Technology Officer는 기술 경영으로 기업을 일구는 최고 기술 경영자를 뜻한다. (주) 바이넥스 이백천(63) 사장에게 따라붙는 말도 기술 경영인이다.

약대를 졸업하고 제약 회사를 운영하면서 생명공학 박사 학위를 받은 것도 그렇지만 기술 개발을 위해 현장 기술자는 물론 최고위 공무원에서 이제 막 공직에 나온 젊은이까지 직접 만나 의논하는 모습은 그의 트레이드 마크가 됐다.

사실 제약 회사는 수도권을 비롯 전국에 수백 개나 된다. 대부분 외국 의약품을 수입해서 판매하는 영업 위주의 큰 도매상 형태가 많다. 이런 구조 속에 부산 지역 중소기업이 자체 개발한 약품으로 157억 원의 매출을 올릴 수 있었던 힘은 연구 개발력에 있다. 지난

2001년 액면가 1,000원에 코스닥에 등록된 바이넥스의 현재 주가가 1만 1,200원에 이르는 것도 기술 개발력이 있기 때문이다.

이와 관련해 이 사장은 "바이넥스가 이만큼 발전할 수 있었던 것은 지역 대학·연구소와의 협력 덕택"이라고 말한다. 또 바이넥스의 산학 협동이야 말로 진정한 산학 협동이라고 자부했다. 바이넥스가 매출액의 8%를 연구 개발에 투자하고 전 직원의 10%를 연구원으로 고용했다고 하지만 이 정도로 암 치료제를 비롯한 첨단 의약품 생산은 엄두를 낼 수 없다는 것이다.

이 사장은 "현재 개발중인 약품 및 신물질 한 건당 대학 교수와 연구원 20여 명이 참여하지만 우리 연구소 직원은 2~3명만 담당하고 있을 뿐"이라며 "산학 협동이 되지 않는다면 어떻게 암 치료제 개발과 임상 실험 등을 할 수 있겠습니까"라고 반문했다. 그는 또 시대의 조류, 정부의 새로운 정책에 적극 동참하고 있다. 정부가 바이오 산업을 차세대 성장 동력으로 적극 육성하고 부산시도 이에 발맞춰 바이오 분야를 10대 지역전략산업으로 지원하고 있는 만큼 부산지역 BT산업 발전을 위해 적극 나서고 있다.

2005. 1 국제신문

제약 회사이자 부산 향토 기업인 (주)바이넥스가 국내 최대 면역 세포 보관 은행인 '애니셀 뱅크Anycell Bank' 개소를 눈앞에 두고 있다.

다음달 7일 개소식에는 부산을 비롯한 전국의 바이오 분야 전문가들이 참석할 예정이다. 제약 업체가 대규모 세포 은행을 확보했다는 것은 의미가 남다르기 때문이다. 지난 14일 부산 사하구 장림동 회사에서 만난 바이넥스 이백천(66) 회장은 세포 은행에 대한 기대감을 한껏 드러냈다.

"그 동안 국내에서 제대혈출산 때 탯줄에서 나오는 혈액을 보관하는 세포은행은 있었지만 이처럼 암 치료를 목적으로 하는 면역 세포를 전문적으로 보관하는 곳은 우리가 처음입니다. 애니셀 뱅크는 대략

1만 여 개의 세포를 보관할 수 있어 규모면에서도 국내 최대라 할 수 있습니다."

바이넥스는 세포 은행을 구축하기 위해 50억 원 이상을 투자해 본사 건물을 증축했다. 증축한 건물에는 GMP의약품 제조를 위해 갖춰야 할 품질관리 공정 시설, 중앙연구소, 본사, 세포은행이 모여 있어 작업 효율성을 높일 수 있게 됐다.

면역세포 보관 세포 은행 개소는 암 치료 수준을 한 단계 끌어올릴 수 있다는 점에서 의미가 남다르다. 세포 은행은 암 세포를 이겨내는 면역 세포 중 수지상 세포를 추출해 보관하게 된다. 그러면 암이 발병했을 때 보관하던 수지상 세포를 몸에 투입해 암을 치료할 수 있다.

또 세포 은행뿐만 아니라 내년에는 대장암 및 폐암 치료제도 출시한다. 암 치료제는 현재 1, 2차 임상실험을 거쳐 보건복지부가 품목 허가 심사 중이다. 심사를 통과하면 암 환자들을 대상으로 시판할 예정이다.

"이미 수많은 암 치료제가 시중에 있지만 우리가 개발한 방법은 자기 세포를 활용해 치료하는 것이라 부작용은 적은 반면 효과는 탁월합니다. 그래서 더욱 경쟁력이 있는 것이지요".

바이넥스는 50여 년 동안 장 치료제 「비스칸」 등 150여 가지 제품을 만들어 왔다. 바이오 의료 분야에 뛰어든 지는 10년이 채 안 된다. 하지만 이 회사는 그동안 축적한 노하우와 꾸준한 연구 개발 R&D 투자로 면역 세포 배양 및 보관 관련 특허를 획득했다.

　"신약 개발에는 최소한 50년이 걸립니다. 그렇기 때문에 국내 대규모 제약 회사도 쉽게 도전하지 못합니다. 하지만 바이오를 이용한 신약 개발은 상대적으로 개발 기간이 짧고 비용도 덜 들어 도전해 볼 만합니다."

2007. 8 국제신문

부산 대표적 제약 업체 '바이넥스'

'암 면역 세포 치료제' 출시 눈앞에

유방암 치료제 등 임상시험 4건 승인 '업계 1위'

면역 세포 보관銀 '애니셀 뱅크' 국내 최초 설립

세계적 제약 업체와 손잡고 美시장 진출 추진

지난 1975년 창립 이후 반세기 동안 제약업 외길만 걸어온 바이넥스는 요즘 글로벌 제약 업체들과의 신약 개발 협력에 온갖 정성을 쏟고 있다.

바이넥스는 '의약품을 통한 인류애의 실현'이라는 경영 이념을 실천하기 위해 그 동안 토아, 헤파호프, 오쿠라 등 세계 유수의 제약사들과 잇따라 협력 관계를 맺고 선진기술을 축적하는 데 성공했다. 특히 2001년 코스닥 등록 이후 의약품 차세대 핵심 사업인 '암 면역 세포 치료제' 개발에 나서 이제 본격적인 성과를 눈앞에 두고 있다.

2007년 국내 최초로 수지상 세포를 이용한 항암 치료제 「디씨백/이피-엘」과 「디씨백/아이알」을 개발하는 성과를 거뒀으며 유방암 치료제 「디씨백/이피-비」, 세포치료제 「티케이셀」의 경우 현재 임상 절차를 밟고 있다.

지난 해 9월에는 면역세포 보관 은행인 '애니셀 뱅크Anycell Bank'를 설립, 차세대 맞춤식 세포 치료기술의 선두주자로 떠오르고 있다. 이와 함께 신기능성 천연물을 탐색, 의약품을 개발하기 위한 '천연물 연구소'를 설립하고 항진균성 천연소재, 천연물 당뇨병 치료제 개발 등에도 뛰어들었다.

◇바이오 의약품 임상 시험 승인 '최다' – 바이넥스는 지난 해 말까지 식품 의약품 안전청으로부터 모두 4건의 바이오 임상시험 승인을 따냈다. 이는 업계 1위의 자리를 차지한 것이자 바이오 의약품에 대한 남다른 기술력을 보여 주는 단적인 예다. 현재 임상 시험이 진행중인 품목은 「티케이셀주사위장관암 2상」와 「디씨백/이피-비주사유방암」, 「디씨백/이피-엘주사폐암」 등이다. 이 중 폐암, 위장관암 임상 시험은 마무리 단계에 들어가 내년부터 본격적인 상품화도 가능할 것으로 회사측은 내다보고 있다.

◇국내 최초 '암 면역 세포 은행' 설립– 바이넥스가 설립한 면역 세포 보관 은행 애니셀 뱅크는 암 치료 수준을 한단계 끌어올릴 수 있다는 점에서 주목을 받고 있다. 애니셀 뱅크는 암 세포를 이겨내는 면역 세포 중 수지상 세포를 추출해 보관하고, 암이 발병했을 때 수지상 세포를 꺼내 몸에 투입해 암을 치료한다. 바이넥스는 세포 은행을 구축하기 위해 50억 원 이상을 투자, GMP의약품 제조를 위한 품질관리 공정 시설을 갖추는 등 국내 최대 규모의 세포 은행 체제를 구축하고 본격적인 영업에 나섰다. 바이넥스 관계자는 "앞으로 생명보험 회사와 연계해 면역 세포 은행의 영업을 활성화하는 데 나설 것"이라고 설명했다.

◇이제 해외 시장을 노린다– 바이넥스는 미국 세포 치료제 전문 회사인 맥싸이트와 지난해 11월 연구 지원 협약을 체결하고 현재 개발 중인 암 면역 세포 치료제 「디씨백」의 세계 시장 진입을 서두르고 있다. 바이넥스는 임상 시험중인 디씨백 제조 방법 가운데 '전기 천공법'이라는 원천 기술을 가지고 있는 반면 맥싸이트는 세계에서 유일하게 이 기술의 미국 식품 의약국FDA 허가 가이드 라인을 보유하고 있다. 바이넥스는 미국 식품 의약청 규정에 맞게 암 면역 세포 치료제의 임상 시험을 마친 뒤 미국 시장에 본격적으로 진출한다는 계획을 세우고 있다.

◇에이블 인베스트먼트 투자도 긍정적– 투자 전문회사인 에이블

인베스트먼트는 최근 바이넥스에 대한 투자를 단행했다. 에이블은 영진약품 제넥신 등 제약·바이오 기업에 투자해 온 투자사로, 바이넥스의 지분 인수는 시장에도 긍정적으로 작용할 전망이다. 에이블은 이백천 회장의 경영 체제를 그대로 유지하면서 신규 품목 판매망 확대와 매출 수익성 확보를 위해 부산 지역 중심의 영업망을 전국으로 확대할 것으로 알려졌다. 바이넥스는 이번 지분 인수를 통해 안정된 재정 기반을 구축하고 임상 시험 등 연구 개발 투자 비중을 높여 신제품 개발에 적극 나서겠다는 전략도 세워 놓고 있다.

2008. 8 서울경제

주목! 이 사람

-(주)바이넥스 이백천 회장

부산 지역을 대표하는 제약 및 바이오 기업인 ㈜바이넥스(부산 사하구 장림동) 이백천(66) 회장은 '약사 출신'이라는 고정관념을 깨고 기술 경영인으로 성공한 대표적인 CEO최고 경영자다. 1964년 중앙대 약대를 졸업하고 경북도청 의약과에서 근무한 그는 '약국'에는 관심이 없었다.

"약사로서 약국만 차려서 이익만 추구하다 보면 남이 잘하는 것을 그대로 따라하는 것밖에는 안 된다는 생각을 했죠. 그래서 직접 회사를 경영해야겠다고 생각했습니다."

부산의 유니온 제약에서 8년간 CEO로 근무하던 그는 1985년 절호의 기회를 맞았다. 당시 전국에서도 앞서가는 제약 기술로 이름을 날리던 부산의 '순천당제약'이 부도 사태를 맞은 것이다. 그는

'우리 기술로 제품을 만들 수 있는 기회'라고 생각하고 순천당제약을 전격 인수했다. 당시에는 국내에서 생균을 만드는 제약 회사가 없어 정장제 등 모든 관련 제품을 로열티를 주고 일본에서 수입하는 실정이었다.

"당시에 생균을 만드는 것은 지역에서는 꿈도 못 꾸는 일이라고 생각들 했습니다. 그래서 더욱 더 도전하고 싶었죠."

1990년, 이 회장은 50을 바라보는 나이에 경성대 박사학위 과정에 도전했다. 목표는 단 하나, 국내 기술로 생균을 만들겠다는 것이었다. 식품공학 대학원 과정을 밟으면서 많은 교수들에게 자문했고 자신보다 젊은 학도들에게서 최신 정보를 얻는 것도 주저하지 않았다.

그는 결국 「비스칸」이라는 이름의 생균 정장제를 자체 기술로 만드는 데 성공했다. 이 제품을 대한민국 기술 대전에 출품해 동상을 타면서 유명해진 그의 회사는 벤처 기업으로 등록하고 '㈜바이넥스'로 명칭을 바꾼 뒤 2001년 코스닥에 성공적으로 상장하게 됐다. 「비스칸」은 현재도 매년 매출액 30억 원 이상을 안겨주는 ㈜바이넥스의 효자 상품이지만 그는 여기에 만족할 수 없었다.

이 회장은 세계 특허를 갖는 세포 치료제를 만들고자 했다. 생균을 개발한 것도 바로 생명공학 분야의 기초를 쌓기 위함이었다. 이 회장은 암 치료 과정에서 고통 받는 환자들을 그냥 볼 수 없었다고 한다.

"암 치료에는 항암제, 수술, 방사선 등 세 가지 치료 방법이 있지만 후유증 때문에 결국 삶의 질까지 망가지고 말죠. 이것을 없앨 수 있는 방법을 찾고 싶었습니다."

그가 생각해 낸 것은 부작용 없이 자기 자신의 면역 세포를 이용해 암을 치료하는 '암 면역 세포 치료' 방법이었다. 건강한 면역 세포를 보관했다가 암에 걸리거나 재발할 경우 몸에 주입시켜 암 세포를 치료한다는 것이다. ㈜바이넥스는 10여 년째 이 같은 자기 면역 세포 치료 방법을 연구하고 있다.

이미 '애니셀 뱅크'라는 이름으로 자기 면역 세포를 보관하는 사업을 실시중이다. 서울과 부산, 경남 등 유명 대학병원과 협정을 맺었다. 이 사업을 상용화한 것은 ㈜바이넥스가 세계 최초다. ㈜바이넥스는 지역 기업으로는 유일하게 지난해 산업자원부 '바이오 스타 프로젝트'에 선정돼 세계적인 암 면역 세포 치료제의 임상 및 제품화에 박차를 가할 수 있게 됐다. 이 회장은 "합성 신약에 비해 바이오 신약은 짧지만 큰 성과를 낼 수 있다는 장점이 있다"며 "폐암과 대장암의 치료제 산업화를 추진하는 등 연구 중심의 기업을 만들기 위해 노력할 것"이라고 말했다.

2008. 11. 부산일보

바이오 신약 개발 선두주자

– (주)바이넥스 이백천 대표

순천당제약에서 (주)바이넥스로

1977년, 이 대표가 인수한 순천당제약은 당시 영업을 중단하고는 있었지만 KGMP한국 우수 의약품 제조 기준을 갖춘 몇 안 되는 기업 중 하나였다. 그는 창업 초기부터 안정적 제약 산업보다 바이오 신약의 개발 가능성에 주목하고 우선R&D에 집중했다. 또한 과거 다양했던 제품은 정장제와 소염 진통제 당뇨병 치료제 등 경쟁력 있는 제품으로 집중해 기술개발과 매출신장을 동시에 이룰 수 있었다.

이 대표가 관심을 갖은 바이오 신약은 80년대 초부터 합성 신약의 한계에 대한 지적이 나오면서 1987~1988년에 세계적인 관심이 쏠린 분야이다. 합성 신약에 비해 임상 기간이 짧고 경비도 상대적으로 적게 드는 것도 경쟁력을 높이는 요인. 이 같은 변화를 감지한

이 대표는 전략적으로 바이오 신약 개발을 선택하고 두 개의 연구실을 운영한다. 세포 치료제 계동의 연구를 진행하는 중앙 연구소와 일반 해양생물을 연구하는 천연물 연구소인데 두 개의 연구소에서 근무하는 연구 인력은 회사 전체 인원의 20%정도인 30여 명, 제약회사 중 R&D분야 투자 1위를 자랑한다.

바이오 신약 개발을 위한 전진

바이넥스는 중앙 연구소를 중심으로 생명공학 기술 확보에 총력을 기울여 암 면역 치료제 임상 허가와 세포 치료제 임상 허가를 단기간에 따내 업계를 놀라게 하기도 했다. 각종 전문 의약품의 성공과 연구 개발 노하우를 바탕으로 바이오 신약 개발 사업에 매진하고 있는 바이넥스는 2007년에 이미 암 면역 세포 치료제 「DC-Vac/EP-L」 및 「DC-Vac/IR」등의 임상 시험을 종료했다.

바이넥스의 세포 치료제는 기존의 항암 치료가 약물이나 방사능을 통해 행해졌던 것에 비해 암을 물리칠 수 있는 세포를 환자 스스로 만들어낼 수 있도록 한다. "바이오 신약은 환자의 고통을 덜 수 있을 뿐만 아니라 세계시장을 향한 바이넥스의 꿈도 이뤄줄 것입니다."

이 대표의 자신감은 40여 개의 특허를 보유하고 있는 바이넥스의 연구개발 역량에 있다. 현재 바이넥스의 대표 제품이라고 할 수 있는 자체 브랜드 정장제인 「비스칸」 또한 이 같은 저력을 바탕으로 한 연구 개발의 산물이다.

세계로 향하는 바이오 선두기업

이제까지 사업을 해오는 동안 그에게도 어려움이 있었다.

"제약이 국민의 건강을 다루는 일이다 보니 품질이나 설비 기준을 맞추는 일이 여간 까다로운 게 아니었습니다."

이어 그는 "매출을 올리는 것도 힘겨웠지만 제품 생산을 위한 제반 여건을 마련하는 것이 더 어려웠죠"라고 토로한다. 어려움을 이겨낼 수 있는 비결을 '긍정의 힘'이라고 말하는 이 대표.

"'괜찮아, 다 잘 될거야'라고 끊임없이 생각합니다."

그는 지난 11월 벤처기업대상에서 동탑 산업훈장을 수상했다. "지난 30여 년간 쉼 없이 달려왔다는 생각이 듭니다. 이번 수상으로 지난 시간에 대해 돌아볼 수 있는 시간을 가졌고, 또 한번 긍정의 힘을 느낄 수 있었습니다"라고 말하며 그간의 경험을 바탕으로 한 바이넥스의 미래 청사진을 조심스레 내보인다.

"바이넥스는 30년 동안 친인척 한번 들인 적 없습니다. 이런 투명한 경영 기반 속에서 바이오 신약의 꿈을 이룰 차세대 경영인이 필요합니다."

소유와 경영의 철저한 분리를 지향하는 그의 경영관을 알 수 있는 대목이다.

"사업이란 더불어 사는 세상에서 내가 주역이 되는 것입니다. 저는 바이넥스의 차세대 주역이 내부에서 나왔으면 합니다."

이 말처럼 요즘 이 대표는 회사 내부에서 후대 경영인을 찾기 위해 직원들을 독려중이다.

바이넥스는 얼마 전 부산시 〈출산 친화 기업〉으로 선정되기도 했다.

"출산 후 3개월, 6개월 휴가를 마음껏 쓸 수 있는 사내 문화가 주효했던 것 같다"는 게 이 대표의 설명. 이것 외에도 다른 회사와 구별되는 바이넥스의 문화라면 바로 노동 조합이 한번도 존재하지 않았다는 것이다.

회사를 시작할 때부터 추구해 온 '한 가족화 운동'의 성과 중 하나라고 할 수 있는 노사문화는 '가족의 건강을 생각하는 기업'이란 바이넥스의 정신과도 일맥상통한다. 이에 걸맞게 이 대표 자신도 사우회 회원으로 활동하며 다른 회원들과 함께 '일'만 이 아닌 '놀이'와 '생활'까지 공유한다고.

최근 냉각된 기업 환경 얘기가 나오자 이 대표는 경험에서 우러난 조언을 한다.

"경제가 어려울수록 국가에서 지원 정책을 많이 내놓습니다. 기업 입장에서도 어려우니까 정부 지원에 많이 의지하게 되지요. 저는 될수록 기대지 말라고 하고 싶습니다. 어려울수록 자력으로 살아남을 수 있는 길을 찾는 것이 기업의 역량 강화로 이어지기 때문입니다."

눈앞의 이익보다 연구 개발에 투자해 장기적으로 바라본 그의 경험이 드러나는 부분이다.

"창업이라는 건 인생에 단 한번 하는 겁니다. 최적의 아이템, 자금, 인재 이 세 가지가 잘 맞아야 합니다. 세 가지 중 하나만 믿고 창업 하는 건 성공하기 어렵습니다. 조급하게 생각하지 마세요."

창업자에 대한 조언도 잊지 않는다.

세포 치료제 임상을 마친 후 내년엔 보다 공격적인 마케팅을 펼칠 바이넥스, 세계적인 바이오 신약 선두주자로서의 면모를 갖추고 있는 바이넥스와 그들이 가진 긍정의 힘이 바이넥스를 넘어 우리나라 경제 전반에 미치길 기대한다.

벤처 다이제스트 2008. 12

"**단**하나의 약품을 만들더라도 바이넥스에서 오리지널 의약품 하나는 만들어야 한다는 일념으로 회사를 이끌었습니다."

30년 동안 바이넥스의 경영 일선에서 맹활약중인 이백천(67) 회장은 연구 개발에 지속적인 투자를 감행한 '뚝심의 경영인'이다. 국내 다른 제약 업체들이 제네릭을 만드는 데 급급할 때에 바이넥스는 1985년부터 신약 개발을 위한 연구 개발에 집중해 온 터였다.

사실 연구 개발을 단행하더라도 당장 손에 잡히는 결과물이 생기는 것은 아니라는 점을 감안할 때 연 매출액의 10%를 연구 개발비로 투자한다는 것은 여간 부담스러운 일이 아니다.

이 회장은 "상장 이전엔 항상 자금난 때문에 마음 고생이 심했다"고 말하면서도 "회사 사정에 관계없이 매출액 대비 10%를 연구 개발에 투자하는 것은 꾸준히 지켜온 원칙"이라고 강조했다. 이 회장의 연구 개발에 대한 애착과 꾸준한 투자 결과는 눈부시다.

1990년도 중반 바이넥스는 종균 개발에 성공해 약품 재료로 사용하게 된다. 당시만 하더라도 국내 제약업계에서 생명 공학 공법을 이용해 종균을 개발한 회사는 드물었다.

바이넥스의 인기제품인 「비스칸」도 이런 과정을 거쳐 탄생한 것이다. 뿐만 아니라 바이넥스의 강점으로 꼽히고 있는 세포 치료제도 연구 개발의 성과물이다.

이 회장은 제약 업계의 '블루오션'인 바이오 시밀러를 통해 바이넥스 '제2의 도약'을 노리고 있다. 그는 "바이오 시밀러 사업은 경제적 파급 효과가 막대해 우리 정부뿐만 아니라 여러 국가에서 중요 전략사업으로 선정해 놓은 상태"라며 "바이넥스는 KBCC의 민간 위탁경영 우선협상 대상자로 선정돼 바이오 시밀러 생산 계획이 탄력을 받게 됐다"고 말했다.

2009. 10. 부산일보

바이넥스가 걸어온 길

1957. 12   순천당제약사 설립

1985. 6   ㈜순천당제약 창립

1986. 4   일본 미꾸니 화학과 기술 제휴

2000. 1   ㈜바이넥스 상호 변경

2001. 8   코스닥 등록

2002. 6   BGMP(우수 원료 의약품) 시설 완공

2003. 11   폐암 세포 치료제 임상 시험 승인

2004. 4   암 세포 치료제 대장암 임상 시험 승인

2005. 11   수지상 세포를 이용한 암 면역 치료법 특허 등록

2006. 9   디씨백/이피-엘(폐암 세포 치료제)임상 1 · 2상 종료

2007. 2   디씨백/이피-엘 허가 신청

2007. 6   바이오 스타 프로젝트 선정

2007. 9   바이넥스 애니셀 뱅크 개소

2007. 9   TK 셀 임상 2상 승인(위장관암)

2007. 11   수출 백만 불상 수상

2008. 2   디씨백/아이알 주사 기준 및 시험 방법 승인

2008. 3   이백천 ㈜바이넥스 대표이사

2010. 12   CGMP 완공

이백천 연보

1948 - 1954   김천 초등학교 졸업

1954 - 1957   김천 중학교 졸업

1957 - 1960   영남 고등학교 졸업

1960 - 1964   중앙 대학교 약학대학 약학과 졸업

1992 - 1994   경성 대학교 공과대학원 졸업

1994 - 1997   경성 대학교 공과대학 식품공학 박사

경력

1966 - 1973   경북 도청 의약과

1977 - 1985   유니온 제약 대표

1985. 3. - 2008. 3.   (주)바이넥스 대표이사

1988. 6. 1. - 1989. 5. 31. 부산 금정 라이온스 클럽 회장

1993. 1. 3. – 1995. 12. 31.	중앙대학교 약학대학 부산 동문회장
1997. 3. 1. – 현재	대한상사 중재원 중재위원
2003 – 2007	부산 지방법원 조정위원
2004. 3 – 현재	(사)부산 과학기술협의회 부의장
2004. 7. – 2005. 12. 31.	부산 생물산업협의회 회장
2005 – 2007	부산 신라대학교 제약공학과 겸임교수
2006. 2. – 2008. 2.	(사)부산이업종 교류연합회 회장
2008. 4. – 2010. 3. 26.	(주)바이넥스 대표이사/회장
2008. 11. 28. – 현재	(사)부산 바이오 기업협회 회장
2009. 3. – 현재	부산 상공회의소 제 20대 상임의원
2010. 3. 26. – 현재	(주)바이넥스 회장

표창

1999. 10. 28.	마약 퇴치 공로 대통령 표창
1999. 11. 27.	중소기업청 기술 혁신상 수상
2001. 05. 21.	산업자원부 장관상 표창
2001. 10. 11.	부산시 벤처기업인상 수상
2002. 10. 17.	대한민국 기술대전 동상(산업자원부장관)
2005. 04. 07.	(사)YMCA 그린닥터스 보건복지부 표창
2005. 05. 17.	국가 산업발전 공로 국무총리 표창
2005. 07. 19.	제 3회 자랑스런 상공인상 봉사상

2006. 04. 11.	21세기 경영인상 기술부문
2006. 06. 19.	부산시 향토 기업 선정
2006. 12. 01.	제24회 부산 산업대상 기술대상
2006. 12. 14.	보건산업 기술대전 보건산업 진흥원장상 수상
2007. 11. 30.	백만 불 수출 탑 수상
2008. 10. 22.	2008년도 벤처기업 대상 동탑산업훈장 서훈
2008. 11. 01.	부산시 출산 친화 기업 수상
2009. 02. 18.	바이넥스 중앙 연구소 기술경영인상 대통령 표창 수상